带刺的人生

王炎 著

天津出版传媒集团

天津人民出版社

图书在版编目（CIP）数据

带刺的人生 / 王炎著 . -- 天津：天津人民出版社，
2021.9

ISBN 978-7-201-17568-3

Ⅰ.①带… Ⅱ.①王… Ⅲ.①长篇小说－中国－当代
Ⅳ.①I247.5

中国版本图书馆 CIP 数据核字（2021）第 167422 号

带刺的人生
DAI CI DE RENSHENG

王炎 著

出　　版　天津人民出版社
出 版 人　刘　庆
地　　址　天津市和平区西康路 35 号康岳大厦
邮政编码　300051
邮购电话　（022）23332469
电子信箱　reader@tjrmcbs.com

责任编辑　谢仁林
装帧设计　米　乐

制版印刷　天津雅泽印刷有限公司
经　　销　新华书店
开　　本　880 毫米 ×1230 毫米　1/32
印　　张　12.75
字　　数　266 千字
版次印次　2022 年 1 月第 1 版　2022 年 1 月第 1 次印刷
定　　价　68.00 元

目 录

contents

1

∨

∨

带刺的玫瑰

张老汉和李领导是亲家关系。张老汉的儿子娶了李领导的女儿。

女儿结婚时李领导很生气，女儿为什么偏要找一个农村的？因为这事他生了好久的气。最终婚礼还是如期举行了，孩子也有了，李领导当上了外公，他继续工作，和女儿的关系越来越疏远。

张老汉自从儿子有孩子后，就和老伴从农村进了城，开始照顾孙子，任劳任怨，有什么困难，他们就相互帮助，按照中国人的传统美德奉献着蜡烛的微光。

李领导职位越来越高，送礼的越来越多，投怀送抱的也越来越美，他的精力和关注点跑偏了，离婚——再娶——再离。

一转眼到了暮年，李领导退居二线了，他深深体会到人走茶水是怎么凉的，是世界变了，还是自己变了呢？他搞不懂了，明明自己地位显赫，现在怎么变了味道呢？他冥思苦想着……到底自己错在哪里呢？

张老汉夫妇夫唱妇随，老婆爱操心，就管孙子生活上的琐碎事情，张老汉凭着自身的力气在工地上干着简单粗糙的累活，儿子和儿媳下班到家都能吃上热乎可口的饭菜，儿子和儿媳吵架了，永远是儿子不对，婆婆和儿媳关系越处越好。张老汉总邀请李领导去他们家吃饭，因为刚开始的那些不愉快，都被李领导拒绝了。

当得知李领导有病住院，张老汉一路打听过来，带着礼品和1000元现金，放在李领导的手里，李领导很感动。

病好了，李领导请张老汉吃饭，张老汉不客气地说，还是回家吃吧！随后让老伴做了一桌子的美味佳肴，一家人在一起吃了一顿饭。

李领导的眼眶湿润了。

2

∨

∨

到底谁欺负谁

李莉和张强是大学同学，恋爱 8 年后结婚。

李莉家庭条件好，张强家是农村的，家境贫寒。

李莉通过父亲的人脉关系，帮她和张强都找到了稳定的工作。

李莉自从有了孩子，就在家照顾孩子，单位去得少了，后来单位经营不善破产倒闭了。

李莉有了自谋职业的想法，和张强商量，张强觉得不妥，他害怕失败，李莉说自谋职业一直是她的梦想，就算是干不起来，还有张强的稳定收入呢，不用杞人忧天。张强同意了。

李莉的公司很快就开业了，李莉凭借着聪明才智和良好的人际关系，生意越来越好。

张强刻苦勤奋又踏实肯干，职位不断地上升。

公公婆婆从农村过来帮他们小两口照顾孩子，让他们全身心地投入工作中。

李莉在工作中干练利落，人又长得漂亮，令很多男客户垂涎三尺，请她吃饭的不在少数，每次她出去应酬，张强都会生气。渐渐地李莉不再出去应酬，时间久了导致事业停滞不前。

有一次张强的单位临时聚餐，忘记和李莉打招呼，很晚才回来，李莉很生气，闷闷不乐好几天。

有一个大客户约李莉吃饭好几次，每次都被李莉委婉地拒绝了，这一次无论如何也推脱不掉，时间就定在今天晚上，李莉不好再拒绝，只好前往。席间一聊，才知道彼此是校友，客户当年的老师也是她的老师，学校期间的故事场景再现，两人不亦乐乎。

张强的电话一遍一遍地打着，始终是暂时无法接通。

时间很晚了，公公婆婆关灯哄孩子睡了。

张强丝毫没有睡意，辗转反侧难以入眠。

　　深夜，门开了，李莉回来了，张强闻到浓浓的酒味，立马恼羞成怒，"你和谁一起喝的？"

　　李莉醉了，也累了，没有搭理张强。

　　张强立马变脸了，换成一副很委屈的表情，推着李莉，"你别欺负我好不好？"露出一副撒娇的、滑稽的样子。

　　李莉忍不住笑出声，"谁欺负谁呀？"

3

∨

∨

以和为贵

张强说:"你就仗着我爱你,你就欺负我!干啥去了这么晚才回来?你知不知道我下楼等了你好久,关键是你的电话也打不通……"

李莉转过身,酒差不多醒了,她迅速地坐起来,掐了张强的胳膊一下,带着委屈地说:"上次你单位聚餐,你和我说了吗?我怕爸爸妈妈担心,我说你和我说了,你知道当时我的心里有多担心你吗?"

张强突然紧紧地抱住李莉,"老婆,是我错了!我向你道歉!"

李莉的眼睛有点湿润了。

张强回忆着，"你记不记得，大学时你的手机出了问题，我怎么也联系不上你，我就特别担心，听说你手机坏了，我就和寝室的哥们借钱赶紧给你买了新手机，就想知道你在干吗，时时刻刻都想知道你的行踪，我始终担心你，你知道吗？你今天晚上去哪里了？和谁在一起喝酒呢？有没有被别人欺负呀……"

李莉很生气地挣脱了张强有力的臂膀，她刚想大声喊，一下被张强的大手捂住了嘴。张强指指墙上的时钟，眼睛使劲眨了眨，又指了指隔壁房间。

李莉恢复了平静，"我这么辛苦赚钱为的是啥？不就是你家穷，没有家底，我不努力，咱们怎么过上好日子？我今天晚上陪赵总喝酒吃饭，谈了一笔大单子，有谁欺负我呀？我看就是你欺负我。"

李莉很委屈地躺下了，张强也躺下了，背靠背，李莉渐渐地进入了梦乡，张强却无法入睡，在思考着……

张强想起结婚时，岳父把李莉的手交到自己手中时，语重心长地说："要好好地待李莉，以后就你保护他了。"眼泪润湿了脸。

慢慢地，天亮了，婆婆已做好了早饭。

张强转过身推推李莉，温柔地说："老婆，该起床了。"李莉赶忙起床梳洗打扮。

婆婆看着李莉，怜爱地说："多喝点粥，每天都那么辛苦，我都不忍心啦，以后下班就让张强去接你回来，我们一起吃晚饭，家庭呀，就要以和为贵。"

公公也从房间带着孙子走了出来。

张强刚要说话。婆婆抢先一步，叮嘱张强，以后下班要去接李莉回家。

张强低头答应着，又看看李莉。

4

∨

∨

第一次做晚饭

张强和李莉一起送儿子张旺仔去幼儿园。

张旺仔每天就盼着大手牵小手，两只小手被爸爸妈妈牵得紧紧地，他可以把双脚抬起来，瞬间就成了小飞人。

张强和李莉把孩子送到幼儿园，每天都会低下头亲亲宝贝："乖，等晚上爸爸妈妈来接你！"

张旺仔开心极了，蹦蹦跳跳地进了幼儿园。

李莉在工作之余反思自己，昨天没有接张强的电话是自己不对，没有考虑张强的感受。

以前的一幕幕浮现在心头。张强借钱给她买手机，后来好几个月他都利用放学后的时间在学校外面刷盘子。偶尔看到张强，他的腰总是弯着的，她就会心疼。她总是停下来帮张强揉揉腰，张强就会不好意思地说："我真没有事，那手机你喜欢吗？"她就会不停地点头，"真的很好，我很喜欢，谢谢你！我好喜欢你！"那时的张强就会憨憨地笑。

大学时，张强说饭店的红烧排骨味道特别的诱惑人，他刷着盘子，闻着味道，眼睛就会随着盘子走，他就说以后让她天天吃排骨。

李莉从手机里下单了2斤排骨，2斤油豆，1棵西兰花，10个鸡翅，1斤绿豆芽。

李莉下班走出大楼，发现张强一个劲儿地按喇叭，张强摇下车窗，探出头来说："好巧啊，老婆，又让我遇到你了！"

二人带着孩子走进家门，婆婆看着李莉手里的菜，很紧张地问道："李莉，最近我做的菜不好吃吗？"

李莉忙解释道："妈妈，不是的，很好吃！我想学学做菜，所以就提前给您打电话，让您今晚不用做饭了！"

李莉系上围裙，麻利地开始检验下午学习的菜品制作方法是否有效。

用刀在鸡翅面上划了几刀，用盐、料酒、胡椒粉、黑椒粉、老抽腌制 10 分钟。她把排骨用油炒了炒,加点酱油,放上豆角又均匀地翻炒,加上水,放入花椒、大料、八角、桂皮、葱、姜、蒜、盐,盖上盖子炖着。西兰花切成小块,用开水焯一下,锅里放了一点底油,加上蒜末,放上葱,倒进西兰花,迅速地翻炒几下,出锅,上盘。鸡翅放入油锅炸至金黄,捞出后放入糖、醋、葱、蒜、姜,又放了一点点的老抽,锅里的汤汁收紧,出锅,红烧鸡翅也好了。醋烹豆芽就更简单了,轻轻炒了几下,加上醋和盐,立马出锅,火候刚刚好。

婆婆看着这一桌子菜,想说点啥,又说不出来,只好摆着筷子,盛着饭。

李莉又端出一盘混搭熟食,还拿了一瓶 52 度的泸州老窖。

李莉对儿子喊道:"张旺仔,快去喊爷爷、爸爸吃饭,地先别擦了,吃完我去收拾。"

大家看着李莉第一次做的菜,拿着筷子,不知道先吃什么了,张旺仔果断地先吃了鸡翅,给出的评价是:"妈妈,你真棒!超级好吃!"

张强喝着小酒,就着小菜,很享受地吃着李莉第一次做的晚饭。

5

∨

∨

成长型思维

张老汉端起酒杯晃了晃，对着老伴和儿媳妇说："今天的菜真的特别好吃，感谢儿媳妇的手艺，也感谢老太婆不离不弃的陪伴。也许今天我贪杯了，但是我高兴，我就想说……人年轻的时候都有犯浑的劲，脑袋就像糨糊，也不怕儿媳妇儿笑话，我当年被同村的殷寡妇给利用了，她总是在农忙的时候喊我去帮忙，我又不好意思拒绝，时间久了，邻居们开始说闲话，老太婆就和我生气，我依然不改，后来老太婆喝农药了，我就想我对不起她呀！背着她去医院，好在是抢救及时。"

这时张老汉看了看老伴，老伴的眼泪瞬间夺眶而出，指着张老汉说："你也不怕丢人，说啥说，都过去了，别再提了！"

张老汉笑着放下酒杯："老太婆，当年我欠你一句对不起，你后来原谅了我，我在心里默默地想，以后我绝不能再做错事！差一点儿我就失去你了！世上唯一用钱买不到的药就是后悔药！人不能只想自己，不在意其他人的感受呀！儿子呀！我今天就是提醒你，既然成家了，作为男人就要有担当、负责任，不能让自己老婆受委屈呀，人活一世不容易！千万别为了一时的快乐，毁了一辈子的幸福呀！"

张强尴尬地点点头："爸，我知道了。我和李莉处对象时分过好几次，离开她，我心里不好受，后来就开始反思自己，我自私自利，总是想着自己忽略了李莉的感受，后来我改了，我们很快和好如初。多亏了李莉大人有大量，她总是心疼我，我记得有一次我腰疼，李莉听说用蜈蚣、蚂蚁、人参熬酒三个小时能去掉病根就给我熬了一碗，我端着她亲自熬的药酒，味道超级恶心，但是我想这是李莉对我的爱，我一定要喝完。我暗暗发誓一辈子都要对她好，我身体好了，才能好好爱她。我喝完药后腰真的不疼了。我知道老天也在成全我。"

张强把手放在李莉的手上，轻轻捏了捏："老婆，你嫁给我后悔吗？"

李莉瞪了张强一眼："如果后悔我就不生孩子了，还和你过啥日子呀，我一个人过多好啊！"

旺仔似懂非懂地插着话："还有我呢，妈妈！"

李莉看着张强说："你觉得我今天晚上做的菜好吃吗？"

"好吃，真好吃，我老婆真的很厉害！"

李莉回忆着那天和赵总吃饭，赵总说，做事业就要有成长型思维，发现问题，及时解决问题。今天好像就是围绕着这个问题，在改变着自己。

6

∨

∨

成长就是承认自己不完美

夜深人静，李莉失眠了，她揉了揉张强的脸，张强用双臂抱紧了李莉。

李莉很委屈地说："如果我的父母像你的父母那样和睦多好呀！"

张强平复了一下心绪，叹息道："小孩有的 8 个月就会走了，有的 15 个月才会走，你能说 15 个月才会走的小孩子有问题吗？我们要学会接受现实，他们只是成长得慢一些。人遇到问题，总从对方身上找原因，就不会成长，等于回避了问题的真实性。如果他从自己身上找原因，慢慢地学会解决问题，问题就会迎刃而解了。"

"那你的意思是矛盾总会有解决的一天，是吗？"

"对的，遇到困难，自己就会停下来想一想到底是哪里出现了问题，如果发现总是别人的问题，只关注自我的感受，那就成长不了了。"

"那怎么能快速认识自己的问题呢？"

"就是冷静地思考，学着长大。成长的过程很痛苦，需要自省和反思。老婆，你每天工作很辛苦，我不知道怎么帮你，你现在遇到问题要毫无保留地说出来，我们一起面对，好不好？"

"好是好，我就怕影响你的心情。"

"如果你的心情都不好了，我也好不到哪里去，我们有困难一定要风雨同舟，共同面对！"

"老公，你真好！"

"哪里是我好，是老婆太优秀了，吸引住了我，我要一生一世保护好老婆！"

"老公，你身上的优点好多好多，我要向你学习，明天你能过来帮我把报告厅的灯修一下吗？"

"能，早点休息吧！我的老婆说话越来越委婉、温柔了。"

睡梦中，李莉梦到父母脸上满满的笑容，微笑着表达什么，她很认真地听着，但却什么也没记住……

她恍惚感觉到父母手拉着手，彼此关心着对方，不再有争执和吵闹，不再有烦恼！

7

∨

∨

男女之间的爱慕

闹铃被张强设置提前了，要赶在上班之前把老婆公司的灯修好。

李莉不停地夸着张强："老公上学时物理学得真好，无所不能呀！我的眼光真好，有穿透力呦！"

这时李莉的手机铃声响起，她迟迟不接，张强回头望了望，很着急地说："你接电话呀。"

是赵总的电话。

"接，正常接，就当我不存在。"

"喂，早上好，赵总！有什么指示？"

"我哪敢指示你这个人精呀！今晚上几个朋友在一起聚一聚，都是我多年的合作伙伴，我想让你认识认识，以后也许就是你的合作伙伴，晚上6点，××××大酒店316包房。"

李莉很紧张地看着张强，张强点点头，李莉说："好的，赵总。准时到！需要我带些什么礼品吗？我不懂你朋友们的品位，希望您能明示。"

"什么也不用，你能过来赏光就好。"
"好！好！感谢赵总如此器重，晚上见！"

李莉缓了缓，确认刚才没有说错话，才如释重负地放下手中的电话。

张强说："我支持你的事业，我也相信你能把握住机会，好好地开拓你的事业。"

李莉很感激张强的理解。

××××大酒店316房间豪华的装饰，把整个房间衬托得金碧辉煌。餐桌中间摆放着五颜六色的插花，让房间显得更加典雅。

赵总在服务人员的引领下走了进来，李莉看到赵总，马上起身相迎，两只手拘谨地放在裙子后侧，赵总先伸出右手，

"你好，人精！"红着脸的李莉不好意思地伸出手，"我不是人精，我在赵总面前就是小丑，不要笑话我啦！再说，我就要找地缝钻进去了！"

很快客人到齐了，赵总把李莉向各位一一引荐。菜很快就上来了。

"以前只是听说过各位精英大佬，今天终于让我见到传说中的人物啦，借着赵总的酒，我先敬大家一杯！"

赵总忙说："有酒不怕喝，也不能强喝，先意思一下，抿一口，大家随意，我们先吃菜，边吃边喝，不要着急。"

李莉知道赵总担心她的酒量，抿了一口，坐下了。

大家围绕着赵总的项目在发表自己的看法和建议……

李莉起身端起茶壶从赵总的右侧向左依次倒茶水，然后又把酒一一满上。

李莉刚要坐下，赵总说："最近李莉的公司新上了一个高科技项目，我很看好，让李莉给大家介绍介绍，看看大家有没有兴趣，对项目感兴趣的就私下联系李莉，我们需要的就是合作共赢嘛！"

大家热烈鼓掌，都认为这是一个有发展、有前景、有想法、有市场、有眼光的项目！

李莉连忙端起酒杯感谢大家的支持和鼓励！一仰脖满杯酒下肚了，赵总刚想说什么，但是晚了。

李莉很激动，在酒劲儿的作用下，脸上的苹果肌分外的粉红，娇嫩而又饱满。

赵总最后举杯提酒，邀请大家有空再次相聚，接着喊服务员买单！

服务员走到赵总的耳边，说单有人买了，一位自称是您朋友的人买的。

赵总一头雾水！

在楼下大厅里，张强的出现让李莉很不舒服，不知道张强的来意，她快速走过去！

张强笑着面对李莉，问她，喝得多不多，这场酒席有没有学到东西。

李莉被张强的问话弄得迷迷糊糊的。

赵总走了过来，李莉把张强介绍给赵总。

"今天的单是你买的吧？你这是什么意思呢？小瞧我，我请客吃饭，你买什么单呢？"

"赵总您误会我了，李莉多亏了您的提拔和栽培，我感激还来不及呢。"

赵总说："等我一下，我先把客人送走我们再聊。"

李莉随着赵总把客人送到酒店外，看着他们坐上车后，回到了大厅，坐在沙发上聊了很多。

"李莉我很看好她，她就像当初的我一样，执着、肯干、踏实，你很有眼光呀，要好好待她呀！今天这单你买了，我也就不争了，我以后让李莉多多赚钱。还有一句话，像我这种经常混圈子的人，知道男女之间可以表达爱慕，但是交往是要适度的！你懂的。"

赵总摆摆手，走了。

李莉对张强的出现有无限的感动。

8

∨

∨

苍蝇专叮有缝的蛋

两人躺在床上，李莉很快就有了睡意，张强双手抱紧李莉说："我想和你说一些我们单位发生的事情，你想听吗？"

"想，当然想，最好是关于你的事情我才比较好奇。"

"就是我的事情，有点麻烦的小事情，我说了，你不要多想。"

"好的，我会站在你的角度帮你处理事情。"

"那年你生孩子，全部心思都放在孩子身上，我的事业正处于上升期，我每天留在单位加班，你总和我生气，说我对家庭不负责任，其实人都有理想，我就想把工作做好，让孩子以爸爸为骄傲。那时主动留下来加班的人就我一个，后来在我的影响下，两个刚参加工作的女孩也留下来主动加班帮我。在她们的协助下，我很快在工作上成绩显著，也让我从副处长提拔成了正处长的位置。前几天，我们工作聚餐，我就想借着这个机会感谢一下这两位同事，希望她们早早脱单。"

"你真是一个好领导，人家的私事你也想参与，如果换作我，也会这么做的，毕竟你的成绩里也有她们的努力。你要懂得感恩。我觉得你的想法是好的，善意的，但是人家姑娘的想法也不是你一句话两句话就能改变的呀？"

"做人就要凭良心，我是真这么想的，我也是这么说的。她们说，一定要找一个像我这样的男人。她们喜欢有上进心、有责任感、有担当的男人。她们找对象要以我为标准，让我遇到合适的给她们介绍。我哪里有这本事，我说，幸福就是自我的一种感受。你们遇到合适的人，不管怎样付出，都不会觉得委屈。我也说了，介绍对象需要缘分和人脉，我也没有时间和精力去给你们介绍对象，你们自己要多撒网，才能抓到鱼。"

"老公，你说得很在理，也很真诚。"

"后来，我的办公桌上经常能发现巧克力、咖啡、电影票，我觉得问题不是我想象的那样简单。"

李莉好奇地追问道："和这两个女孩有没有关系呢？"

"我想应该有吧！我在会上强调了一下，人的精力有限，一定要完成任务，并注意不要跑偏路线。"

"她们能听懂吗？她们需不需要我帮忙介绍介绍对象呢？我看这样吧，明天你和她们提前打招呼，我们晚上请她们吃饭，我的意思是一方面感谢她们对你工作的支持，一方面有合适的我一定帮忙介绍。"

"那就让我老婆费心啦！"张强幸福地亲了亲李莉额头。

晚上，张强和李莉先点好菜，喝着水等着两位姑娘。

两位姑娘都是披肩发，好像一对双胞胎，精致又年轻的脸庞透露出甜美和单纯。

她们俩姐长姐短地聊着。张强在一旁不语。

从她们对张强的赞美中可以看出她们真的很喜欢张强，这让李莉有几分高兴，又有几分担忧。

李莉说："女孩的青春年华真的是太短暂了，不知不觉就会溜走。你们的父母催促你们找对象了没？在最好的年华，遇到喜欢你们的，爱你们的男生，并懂得珍惜你们在一起的时光，你们在一起共同奋斗创造未来，才是真正的幸福！人活着是很累，有的时候想想父母，他们很辛苦地培养你们，目的是希望你们有美好的未来，他们想看到你们生命的延续，那就要早生贵子。"

"姐姐，你说得我都脸红了，我还没有对象哪来的下一代呀？"

"呵呵，快了，会有的！人活着就是来解决问题的，你们的问题就是抓紧时间找对象。"

"你们加我的微信，把个人情况发给我，我遇到合适的会介绍给你们，但是你们的青春短暂，自己也要多努力撒网呀！我还要感谢你们对张强工作的支持，这两条围巾是我的一点点心意，你们就不要客气！我们一回生二回熟，以后你们有事就找我这个姐姐吧！"

两个姑娘此时特别羡慕张强能娶到这么好的老婆。

9

V

潜意识里的综合体

"早点睡吧!"张强从背后抱紧了李莉的腰,温柔地说。

"明天就是周六了,让父母也放松一下,我们明天去哪里'嗨皮'呢?"

"爸爸妈妈年龄大了,就让他们在家静一静、躺一躺就可以。关键是旺仔,让他见见世面,和小朋友一起交流交流。"

"昨天我和赵总吃饭,旁边坐着一个年轻的艺术家,披着长长的头发,俊朗的脸庞很有线条,平和安静的状态和 20 多岁的年龄完全不相符。他的右手戴着一块铮铮发亮的手表,里面的标识镶嵌着钻石,我给他倒酒的时候看到的,我就问了一下他的手表。他是画家,作品经常在国家最高级别的展厅展览,他戴的手表就是卖掉一幅作品买的。20 万元人民币哦!

他说这话时仍然很温和，就像是在讲别人的故事。我好奇地问他，多大年龄学画画，他说 13 岁。我问他，不晚吗？他说年龄太小坐不住板凳，画得多了，反倒是以后就不喜欢画了。我还问他是不是家里人都很喜欢画画，他说有几个亲戚经常在周六周日的时候聚在一起互相切磋，在一起画画。"

"环境和氛围的熏陶真的很重要呀！坐住板凳？我想咱们是不是应该带孩子去听音乐会，让旺仔接受一下熏陶，一方面可以坐稳板凳，一方面对他以后学习外语有好处。"

"音乐会我都听不懂，对于一个幼儿园的小朋友来说就是鸡同鸭讲，我的想法是去少年宫看看，那里比较集中，各种形式的艺术都有，让他自己选择吧，你看好不好？明天上午就带他去少年宫看看去。"

"我觉得还是从视唱练耳开始。"

"我们都是很有想法的父母……"

10

∨

∨

难得糊涂

睡梦中，李莉闻到厨房里有香味，她来到厨房，看到婆婆正拿着铲子炒菜，此时此刻的婆婆，浑身上下没有了肉体，只见骨骼，她惊慌失色地后退，这时她听到婆婆的声音。"你这个懒媳妇，只做了一次饭菜就再也不做了，你知道我每次做饭忍受着油烟味，对我的身体有多大的影响吗？走到外面还要忍受公交车上的人对身上葱花味的嗤之以鼻，就连楼下挂着拐杖的老头，也不看我一眼，我在这里伺候你，你有没有从心里感谢我呢？"婆婆依然没有回头看她，接着说："你的工作忙不假，每天回到家里就玩手机，孩子不管不顾，家里的卫生不收拾，衣服不洗，你知不知道你有多懒呀！这要是在我们农村你是找不到婆家的，也就是我儿子喜欢你，我真的觉得你能找到我儿子是你的福气！"李莉恍恍惚惚地退到客厅，发现张老汉蹲在地上擦着墙角边，他也是一幅白骨，张老汉说："你知道我为什么每天都在擦墙角，擦地板吗？"李莉望着张老汉的背影，她的心扑通扑通地乱跳，似乎要冲出身体，她的汗水湿透了发髻，她想说话，嗓子却发不出声。张老汉接着说："我想告诉你，生活就要有条框，就要有规则，不能只知道工作，家庭都不要了。"李莉被张强一把拉住，张强也变成了一幅白骨。张强说："你以为年轻姑娘对我好，我不动心吗？我也动心，就像赵总看见你一样，但是我知道我答应过你的我就要做到，我不能对不起你，你要是在外面乱来，我就让你生不如死！"旺仔也跑过来，"妈妈，你每天回到家里就知道玩手机，手机重要还是我重要，你不是一个好妈妈！"瞬间孩子就像一股烟似的消失了……

李莉两只手胡乱地挥动着。张强一把抓住了李莉乱动的手问："怎么了？"床头灯亮了。

李莉睁眼仔细看着张强，紧张的张强除了话语有点急促外，五官依然端正。

李莉摸摸自己的腿，颤得发抖，凉飕飕的，于是抓住被子使劲往身上拽了拽，失魂落魄地回答说做了个噩梦！

张强的身子靠紧了李莉，李莉瞬间觉得浑身发热，她能真切地感受到张强呼出来的热气，也能感受到张强的心跳。

李莉回想着刚才的噩梦，安慰着自己，难得糊涂，一切都是梦！

11

V

V

自　嗨

　　张强很快睡着了。他开着车，车胎爆了，手机好像是欠费打不出去电话，他发现路边有共享汽车，启动后，脚一踩，车子赛过飞机，旁边的景物瞬间成了一道道黑线，他紧紧地抓住方向盘，视线里突然出现一个灰色转动的大球体，时而放光，时而灰暗，车子刹车失灵，狠狠地撞在球体上。他的意识告诉他要起来，要睁眼……他动了动身体，发现自己还活着，这时他被一群人一顿乱踢，他蜷成一团，用手护住脑袋。有人说话："抓回去吧，给大王看看。"这时有两只手拉住他的胳膊，他才看清楚眼前穿着麻布衣服的像是古时候的人，那些只有在电视里才能看到的头发很长、用绳扎住衣襟、矮矮的男人们。

　　他们一下一下地把他拽到了山洞里，一个面容狰狞的人瞪着他，坐在椅子上的屁股往前倾了倾，一手按在左腿上，一手把在椅子的扶手上，大喊一声："你从哪里来？来我们这里是来做卧底的吗？你说给本大王听听！"张强此时就像演员一般临危不惧，嘴角慢慢上扬，从轻蔑的笑容变成大笑不止。大王恼羞成怒，立即下令将他斩首，扒皮吃肉！

又有两个人走过来，四个人把他架在铡刀上，他的耳畔有一阵凉风吹过，身边有无数的尸体，不能起来的原因是身上有太多的尸体把他淹没了，他的身上很湿，甚至闻到了血腥味，他嘴角流着血，踉踉跄跄往前爬着，爬过横七竖八的尸体，有人还有微弱的呼吸，用胳膊拉着他的腿，他怕了，用力甩动着腿部的肌肉，一阵阵抽动着。这时耳边有人喊着："别走，救我！"他慌忙望去，一个鬼子正拿枪对准了他。他瞬间失去了力气。过了好久，他勉强用胳膊支撑着身体爬起来，他发现自己被关在了牢房之中，透过铁门看到对面的墙上贴着"坦白从宽！"的红色标语，他怎么也想不起来，他到底犯了什么罪，为什么会把他抓进监狱。两个穿着军装的年轻人向他走过来，张强喊道："快放我回家！"其中一个戴着红袖标的人说："对！送你去极乐世界！走，咱们带他立即执行枪决。"张强傻眼了，被两个人拖了好久，他昏死过去时，耳边传来了两个中年妇女夸张的冷笑："今天一把手没有来吃饭，后勤的老张就通知咱们不做硬菜，怎么能这样看人下菜呢？真让人气愤。""也不算硬菜，就是酥肉改成了清炖白菜，也不会有人在意的。"张强想着外焦里嫩的酥肉。这时眼前走过那两个单位里的年轻女孩，他想喊住她们。"我每个星期就盼着吃酥肉，我今天想把你的酥肉也吃了。""不行！我才不让你吃呢？你要吃就吃张强的吧？""你吃，张强肯定让你吃！他看你的眼神都有爱意。""张强喜欢你才对，他总是先回答你的问题……"

张强听着，想着，怎么她们误会了？我没有那个想法呀。

闹铃一顿乱响，张强睁开双眼，推了推躺在身边的李莉，"今天带旺仔去少年宫，快起床！"

12

∨

∨

周末生活

简单吃过早饭，张强安排爸爸妈妈在家休息，他们一家三口就直奔少年宫。

少年宫一楼的墙上有楼层分布图，标着各个教室的位置。张强抱起旺仔让李莉随他走，一间教室一间教室地路过，走走停停，边指着专业课程边让旺仔自己选择。

旺仔并不喜欢音乐，看了一眼，央求着爸爸快走。

但张强却被悠扬的音乐声吸引住了，动作优美的舞蹈老师在示范着动作，张强停住脚步，李莉抬眼望去，舞蹈老师不仅身材好，面容姣好，迷人的舞姿和曼妙身姿让她也心生欢喜。旺仔并不喜欢看，他扭动着身体说，"爸爸，女孩子才喜欢跳舞，我是男孩子，我可不跳舞。"张强解释道："对，男孩子不能跳这么娘的舞姿。"他有点恋恋不舍离开了教室。李莉在心里也想着，如果有一个特别帅气的小鲜肉，自己会不会也不由自主地看几眼。她为自己有这样对比的想法而感到羞愧。

李莉说："老公，如果我们有一个女儿，你一定会送她来学习舞蹈的，是吗？"张强犹豫了一下，没有说话。旺仔说："妈妈，我不要妹妹，妹妹脾气不好，就喜欢哭，幼儿园的女孩子动不动就生气，没有理由的生气，变脸的怪娃娃，我不想和她玩。"

最终旺仔选择了画画，他想进教室去画画，看看坐在那里的小朋友都在画什么。女老师看出来他们的犹豫不决，从教室里拿出来一张宣传单，笑着递给他们。

拿着宣传单，旺仔就像拿到了录取通知书，高兴不已，不再继续看下去，就想回家看动画片，二人只好带着旺仔回家。

上车后，李莉说："我们去超市逛逛吧，时间还早着呢！晚上我做饭。"

旺仔在超市里被各种各样的图画书吸引住了，一本本地看着，挑选着，张强也帮忙选择着。

带着大包小包出了超市，张强仿佛自己就是厨师，不停地说着菜单：炸酥肉、红烧狮子头、清蒸武昌鱼、豉汁芥蓝、糯米莲藕、红酒雪梨……旺仔紧紧地抓住爸爸的腰带说："爸爸，这些我都想吃，我都想尝一尝。"李莉也附和着说肚子饿了。

张强把车停在一个苏菜馆门口，江南古镇的风格让人耳目一新，走进苏菜馆，舒缓的背景音乐与小桥流水的室内设计很协调。旺仔拉着妈妈的手，好奇地看着饭店的内部装饰。

点的菜刚刚好，张强把旺仔剩的米饭配着有点腻的菜全部吃光了。

旺仔意犹未尽地说："小朋友们最近都去了新开的游乐场，在那里玩得好开心。"

李莉也觉得好久没有带孩子出来玩了，也帮着儿子，试探着说："我觉得应该带儿子去游乐场玩，让孩子参与一下小朋友的活动。"于是二人带儿子去游乐场了。

在游乐场中，旺仔精力突增好几倍，在滑梯上来回跑着滑着，一会又拿着望远镜左右观看，欣喜若狂。他一点也不害怕，在礁岩区和高高的绳索区一下一卜地爬着。然后又去玩刺激的海盗船，他随着海盗船在空中飞舞着，又去坐空中轨道车，随后李莉陪旺仔坐了碰碰车，旺仔兴奋地叫喊着，疯狂地欢笑着……

几个小时过去了，张强和李莉都有点疲惫了，旺仔还在沙滩中不出来。

李莉在想着晚上怎么做菜，不停地翻看手机查找菜谱。

晚饭李莉做了炸茄盒、溜肉段、拔丝地瓜、香辣肉丝、宫保鸡丁、西红柿炖牛腩。

李莉拿出白酒，给张老汉、婆婆、张强倒上。自己陪旺仔喝着酸奶。

张强刷着碗，李莉把围裙给张强系上，耳语着："晚上我奖赏你……"

白天的心很平静，晚上的床和心很躁动。

13

∨

∨

有商有量

公司临时通知张强出差，到了机场，李莉恋恋不舍地离开，开着车去上班了。

一天的工作张弛有度，下午李莉接到了大学闺蜜宋菲的电话。

"李莉，我最近郁闷极了，晚上想喝点，你有没有空陪我？"

"有空，时间非常充裕，张强出差了。"

李莉随后给婆婆打电话说了一下，让婆婆去幼儿园接孩子。

李莉又在一个西餐厅订了座，并通知了宋菲。

李莉早到西餐厅 15 分钟，她点好餐喝着柠檬水看着朋友圈等着宋菲。

李莉这时好想知道此时的张强在做什么，她掏出手机，敲着："亲爱的，你在干吗？"

这时她的手机也出现了一行字："老婆，我听妈说你晚上有应酬，你和谁在一起？"

李莉想着异地的两人同时发的微信会不会在电流中瞬间发生了碰撞，也许自己的话短，先达到了！她忍不住笑出了声，心有灵犀一点通就是这么来的吧。

"老公，我和谁在一起你为什么这么担心呢？我不告诉你是谁，可不可以呢？"

"不可以，你是我老婆，我有责任知道是谁。"

"那我问你你在干吗，你怎么不回答我呢？"

"我们马上去吃饭，就是邀请方的领导亲自作陪，我今晚不得不喝酒，我想先和你说一声，对不住，我有点不爱惜自己的身体，原因是身不由己呀！但是我会把握分寸的，我想你了！"

“别贫嘴，一天不见就想我，你的主要目的就是看我和谁在一起。宋菲今天心情不爽，我们聊一聊。放心吧，老公，我也不会多喝的，一会我们喝完再通话。”

“李莉和谁对话呢？拿着手机，眼睛都要进去了。”宋菲低着头努力地看着李莉手机屏幕。

李莉放下手机说：“今晚我们把手机全部调成静音模式，痛痛快快地聊聊。”

宋菲眯着眼睛笑着说：“不愧是领导做派，走到哪里命令到哪里！我保证听话，服从领导指挥。”

桌子上陆陆续续上了海鲜沙拉、菌汤煲、七分熟的牛扒、鸡尾酒、甜品、比萨、意大利面。

李莉指指鸡尾酒，喊服务员。鸡尾酒在点火器“嘭”的一声冲击下，整个酒分成了红黄蓝三色，服务员迅速用一张纸片上下翻腾后，放到宋菲的眼前，“请！”

宋菲懵了，李莉也说道：“趁热快喝！”

宋菲狼狈不堪地一口气喝了下去。慌乱地拿纸巾擦着嘴。“李莉，你真够狠，一见面就给我一个下马威，啥酒呀，怎么这么冲，一进肚里就感觉到一股火辣的暖流穿心而过，我的头都晕了！"

这时，服务生把李莉的酒以同样的过程调制完毕，说了句"请"就转身离开了。

李莉一饮而尽。"哪有那么多的废话！别来无恙，考验英雄的就是酒啦！今晚的酒，伏特加及盎司还有什么，我也忘了，名字是英雄烈火，你觉得够不够劲爆？够劲爆咱们就多吃，然后知无不言，言无不尽。"

宋菲再次抬起头来，眼眶湿润了，慢慢地开口："我妈又开始催婚，我都要崩溃了。"

李莉想了想慢条斯理地讲："有一个男人，长着大龅牙，奇丑无比，有一天被一个导演相中，让他第二天去找他，这个男人想来想去，就把那颗龅牙给拔了，第二天导演看到他脸肿着，就让他回去了。他怎么也弄不明白导演为什么不要他了。最后导演遗憾地说，我找长龅牙的人找了好久，还是让你错过了。"

"李莉，你别卖关子了，这个和我有什么关系呢？"

"我的意思是也许有的错过了，也许有的没有遇到，但都没有关系，要敢于做自己，做真实的自己，不被他人所改变。你遇到对的人时，你就会愿意和他沟通，愿意和他商量，注重精神上的同步。"李莉说完看了看宋菲的表情。

"咱们同学中就数你最有主见，你找的老公也没有让你失望，我今天就是来向你虚心请教的。"宋菲低了头，两只手做了一个叩拜的姿势。

"宋菲，岂敢！岂敢！我就是喜欢作，喜欢闹。敢于做自己罢了！现在的年轻人谈恋爱，假假咕咕^①，等结了婚后就原形毕露了，露馅儿了又能怎么办？最后两个人选择离婚。我想说的是，一定要敢于做自己，做真实的自己，有自己的原则和底线。遇到事情有商有量，注重精神和情感沟通。"

宋菲一再强调，领教了，领教了……

两个人最后面色绯红，眼睛似乎有点睁不开了，李莉通过服务生很快找来代驾，安全地把宋菲和自己送回家。

"我喝多了，我想喝完水就睡觉，老公你喝多了吗？你来电话是来监督我的吗？还是一天不见我就想我了呢？"

"想了，我也喝多了！我到宾馆了，马上就睡觉，我不洗澡了！晚安，明天别忘了送孩子去幼儿园，辛苦老婆啦！么么哒！"

---

① 东北方言：过分客气，不真诚，不实在。

14

V

V

突发事件

李领导单位体检，没有吃早饭的李领导经过一通检查，最后被医生叫住了，让他去其他的医院检查一下。

"张强，你现在能请假吗？陪我去××××医院一下。"

"爸，我在出差，我马上处理一下就回去，我现在给李莉打电话安排一下。"

张强看看时间，快速地理了一下思路，把电话打给了自己的妈妈，"妈，李莉上班去了，开没开车？走时状态如何呢？"

"开车了，送孩子去的幼儿园，怎么了？"

"没有啥大事，就是我岳父突然让我陪他去医院，我怕李莉昨天喝多了，我不放心问一问。"

"没有啥大事就好！那我下午是去接孩子，还是等你们的电话呢？"

"好，等电话吧！"

"老婆，岳父让我陪他去医院，我在外地来不及，你方便陪爸去医院吗？"

"我爸怎么啦？我有时间！"

"你不要激动，你要心平气和地给爸爸打电话，问他在哪里。然后你开车带他去医院，全程都要陪他。"

"我知道了！"

"随时保持联系！"

李领导经过楼上楼下各科室的检查，最后的结果和体检中心的结果相同，需要马上住院治疗。

"老公，你快回来吧！爸爸需要住院！我好害怕！你快回来吧！"

"好的！我知道了！下午我让妈妈去接孩子回家。你就把爸爸照顾好，按时吃饭，不能糊弄。"

张强通过关系找到了主任医师，李领导最后被确诊为"肺部肿瘤。"

张强请了假，约好了主任医师做了术前准备。

李领导也向他的上级领导请假，同事们得到消息，下午下班后纷纷自发地过来看李领导，让李领导备感温暖。

待大家走后，李领导看着隔壁床上躺着的男子，术后第三天，身体上插着很多的管子，里面缓缓地流动着红色的泡泡，他仔细一看，是血。床头柜上摆着老式电脑显示屏，里面红色的曲线时而高，时而低。男子苍白的脸上露出扭曲的表情。牙齿已经不能被嘴唇包住了。

李领导慢慢地躺倒在病床上，想象着好好的一个人变成这样，也许好久不能起来，也许不久就会上班，又可以和同事们有说有笑。

他的目光有些呆滞了，望着天花板上一块一块的扣板吊顶，在管灯的映衬下，没有一丝生机。此时他的心里只有苍凉，隔壁床的男人还有老伴的陪伴，虽然老伴偶尔生气，但是还在给他接屎接尿。想一想自己，和老伴离了婚，后来娶的女人一个不如一个，今天买包，明天买衣服，让李领导最终看到了人性赤裸裸的真相。什么感情都是嫁接在金钱之上，嫁接在价值之后，嫁接在虚情假意之前。

李领导听到了脚步声，他不想回头去看，也懒得去看，回想着身边的亲人，就是那么几个人啦！

"爸，我给你带鸡汤来了，老母鸡熬的鸡汤，喝了大补，身体就会越来越结实。"

李领导看看女儿，流出了泪水。他心里委屈，但是在女儿面前，还是有点丢人，他勉强坐起来，靠在床头，他想让女儿坐下，话却说不出来，就顺手指了指床。

李领导的胳膊有点酸麻，心中的苍凉感不断地在蔓延，开始感觉坐在床上屁股很疼，腿也开始发沉，还失去了知觉，他无奈地喘着气。

李领导感觉到额头上的汗水缓慢地往下流，他能清晰地感受到汗水已经流到颈部，流到了胸部，慢慢地感觉不到汗水停留在哪，流到哪里去了……

他的心空了，大脑也空了，眼睛微微地张开，让头脑恢复了意识，从现在开始自己就是病人啦！他安慰自己接受现实，我是病人啦！

15

∨

∨

医院幽灵

手术如期进行，李莉在手术室外静静地等待手术结束。

在被推进手术室时，李领导摆摆手，微笑着进入了手术室。

李莉看着手术室的大门慢慢地关上，泪水禁不住地流了下来，张强把李莉拥入怀中，一下一下抚摸着她的头，轻轻地说："睡一会吧！你累了，需要休息休息，手术结束了，我们就放心啦！"

李莉乖乖的像小婴儿一样，努力微笑着，眼睛已经被泪水打湿过无数次，经不起眼皮的苛刻要求，眼睛成了一条细细的缝，只留着睫毛在平稳中静静地守候。张强陪着她，李莉内心也渐渐地平静下来。张强从听到岳父让他陪着去医院起，就像笼中鸟，失去了自由，失去了快乐，失去了和组织的联系。每天扑棱扑棱的心跳和心烦让自己偶尔会窒息。他这几天无数次闪现在脑海里的不光是工作的进程，还有孩子、爸爸妈妈。这几天忙碌得楼上楼下地跑着，有一种感觉，自己就像油锅里刚炸出来的麻花，紧紧的，只是麻花而已，没有了自己的意识，身体僵硬地随着油花翻滚着，没有一丝一毫的力量进行反抗。他的手突然一抖，发现自己也困了，手术室门口的椅子上只有两个人，也只有我们两个人才能一起走完生命的最后一刻，张强想着想着，意识也在战斗中败给了困意，竟然睡着了。

李领导进入手术室后，配合着麻醉师的输液，李领导其实是紧张的，浑身不停冒着冷汗，手脚感到有阵阵凉风，他努力看着墙上的温度显示，27度。他的眼睛在麻醉师的问话中，失去了力量。

他在闭上眼睛的一瞬间，想用手摸摸自己，自己到底在哪里？我在这里做什么？但手已经没有了知觉。

他看到了蓝天、白云、河流，还有山川……

"醒一醒，李光军，手术很成功。"有人在拍自己。

李领导想动弹、想翻身，被身边的人拉住了，"手术中插了几个管子引流，你不能拉扯拽动，要听话。"

李领导的眼睛迅速眨了几下，算是配合了回答。

当床一下一下左右摇摆着被拉出手术室大门，李领导看到了李莉和张强，勉强笑了一下。

医生把李领导送进 ICU 病房后就走了。李莉和张强不停地道谢。

里面工作人员出来，说着说着……

李莉和张强终于松了口气，缓缓地走近了事先准备好的病床，李莉和张强商量着让他回家休息，以后的日子张强会更加辛苦，自己躺在病床上休息一下，然后叫外卖对付一口。她仰着头，用崇拜的眼神看着张强，两只手轻轻揉搓着张强的脸，"听话，快点回家休息去！"

张强走后，李莉感觉自己躺在病床上就像一堆海绵，没有了知觉。

睡梦中，感觉有人拉她，有人打她，有人用脚踢她……她不敢看那些人，但是心里不服气，为什么要打我呢？她使劲睁开眼睛，一群披头散发穿着病号服的人还在欺负着自己。她开始改变想法，求饶。抱住脑袋不停哈腰点头。最后他们走了。

李莉腿一抖，醒了，她回想着刚才梦境中可怕的一幕。

"我听隔壁屋里那个女人讲着医院的幽灵，我的腿就开始软了。"

李莉顺着声音望去，发现是隔壁床的媳妇，在一边一口口喂着男人吃饭，一边和丈夫对话。

"哪有什么幽灵，都是吓唬自己，下回她再说这个话题，你就回屋给我倒水喝。"

李莉回想着刚才的梦，使劲儿掐了掐自己的左手，她想自己该起床了，饿了，该吃饭了。

她坐起来喝了口水，拿起手机开始订饭。

16

∨

∨

能力和欲望要匹配

李莉吃了几口饭，没有胃口，把剩饭扔进洗手间的垃圾桶里了。

走到 ICU 病房，门是关着的，李莉看到很多人都在门口徘徊，不远处两个女人坐在地上哭。

李莉很好奇，往她们附近走了走，在距离她们很近的地方站住了。目光看着别处，耳朵却仔细听着她们的话语……

"同为女人，二嫂就是太好强了，她什么都想做好，到头来命保不保得住都难定呀？"

"好人有好报，二嫂一定会挺过去的！"

"万一她走了，她的孩子那么小，孩子没有了妈，怎么办呢？"

"您别哭了，您一哭，我也想哭！"

李莉听着心里很难受，心想回去躺在病床上还是睡不着，干脆就在医院的走廊里走走吧。

李莉发现医院里的人虽多，但是脸上有笑容的少，愁眉苦脸的多，身上穿着病号服的病人多，弯着腰，挪移着步，有的家属推着轮椅在走廊里来回穿梭。

很巧，李莉碰到了初中的班主任。

"安老师，您怎么也在这儿？"

"你是？我想不起来了！"

"安老师，我是李莉，您曾经教过的学生。"

"啊！对不住了，老了记性不好，我老伴病了，已经住了好多天，明天就出院。你怎么在医院呢？"安老师疑惑地问。

"我爸病了，我来护理，他今天刚手术完，现在在 ICU 病房。"

安老师指了指椅子说："我们坐一会，聊一聊！"

"好！"李莉赶忙说。

"过去的人，没有啥病，小病都不去医院，如果谁去医院大家就会觉得他病得很严重。现在的人随时来医院，医院都是人满为患，有时还没有床位，需要排号等。有的人病得不严重，进了医院，检查检查就是大毛病。医生一说没有多少日子，病没有好，人没有了！进了医院也就是进了鬼门关了！"安老师唠叨着。

李莉听着安老师负能量爆棚的话，也不知道如何安慰，如何接话，默默地不作声。

安老师接着絮叨着："现在的社会和以前都不一样啦！过去包办婚姻，过得挺好。现在自由恋爱了，反而日子过得不如以前了。主要是人的欲望越来越高了。"

李莉瞪大眼睛望着安老师，心想，莫非安老师知道过不好的原因？

安老师继续絮叨着："过去家家都穷，也不互相攀比，自己家过自己家的日子。老话说得好，老婆孩子热炕头，就是最幸福的啦！现在的社会环境哪里都是无形的攀比，有了攀比，就有了压力，人比人，气死人。人的心理都不健康了，身体能健康吗？吃饭不香，消化又不好，睡觉失眠，应酬繁多，人际交往复杂，用脑过度，欲望太多。尤其是爱操心的人，病就更不断，操着没用的心，能力还不及，解决不了任何问题，就是心里纠结，时间久了，就有了心病。"

"安老师您的意思是，心病了，身体才会出现问题，是吗？"李莉疑惑地问。

"是的！现在的人总想自己，让自己家更好，不停地努力，透支着身体，时间久了，哪有不出毛病的。这时需要养生，就是养生命呀！心境复杂，遇事就慌，还总想着成功，总想着好事降临到自己身上，希望很大，失望也很大呀！缺少认清自己的能力。有时听别人夸自己一，自己就会偷偷惦记十。"安老师自顾自地说着。

李莉愣住了，怎么从"一"一下到"十"了呢？

"现在的年轻人相对象，就挑条件好的，条件好的一方刚刚觉得还可以，可以继续相处看看，条件不好的就开始惦记结婚，生孩子……"安老师抱怨着。

"咦，怎么这么快呢？难道是快餐吃多了？"李莉疑惑地问。

"不是快餐吃多了，是穷人穷怕了，将来孩子成长的花销，一系列问题，不为未来考虑，以后就等着喝西北风吧！"

"怎么这么现实呢？"

"物质才是基础呀！没有物质，哪有幸福可言？"安老师强调道。

"安老师，您说得太现实啦！我还以为自由恋爱就是以情感沟通交流为基础呢……"李莉安慰道。

"我认为不是的，两个人感情再好，生活能力不足，也会出现矛盾的。攀比和嫉妒是人的心魔呀！富的希望找比他还富的人交流，穷人看不到自己的能力不足，反而是看不惯比他能力强的人，穷人还欲望比较多，当能力和欲望不相匹配时，人就会生病的。"安老师分析道。

李莉听着，想起刚才两个哭着女人的对话，她终于知道答案了。

"先不聊了，我去看看老伴醒没醒。"安老师说。

"再见，安老师！"李莉赶忙起身。

17

∨

∨

在医院看清一个家庭

李莉坐在椅子上好久好久，头脑中还回荡着安老师的话。

安老师在她的记忆里，温和、谦逊、热情。为什么今天的他和在记忆中的他反差那么大呢？

一对夫妻从电梯里走出来，女人还想说什么，就被男人一句话怼回去了，男人生气地嚷："要早知道你身体这么不好，我就找其他女人结婚了，你耽误我多少时间……"女人不停地哭着，眼睛红肿，紧跟其后抹着眼泪。

电梯里出来的人就像赶着上班一样，出了电梯就开始各奔东西，奔向自己的目的地。

有一个女人坐在了李莉的身边，手里拿着的东西突然间滑落在李莉的脚下，李莉弯腰拾起，抬头时，发现那女人已经睡着了，她只好把东西放在女人的身边，李莉看着那个女人觉得很可怜，在想照顾病人的她，离开病人，自己安心睡觉是多么幸福的事情！

过了好久，那个女人醒了，坐了一会儿，起身要走，李莉提醒她不要忘记身边的东西，女人表示感谢，露出感激的笑容，"我是护工，她家里来人啦，我就赶紧休息一会儿！我在405病房，你如果遇到不明白的事情，也可以问我，我走了。"

"护工"这个词，李莉这是第二次听到，在她吃晚饭的时候，有人进屋问了一句，需要护工可以打电话。

李莉也有点懂安老师的话，快餐式的生活需要金钱作为辅助。

走廊里有人喊着："谁是李光军的家属？"

李莉慌慌张张地站起来，赶忙说："我是！病人有什么事情吗？"

"需要到楼下交钱，费用不够了，快一点，我们等着用药呢！"说完人就走远了。

李莉缓了一下神，握紧了手中的包，按下了电梯楼层键。

李莉排了好久的队，急切地说："您好，这是卡，我需要交多少钱？"

"1万元！"收款处的人毫无表情地说。

"8000元可以吗？"李莉怯生生地问。

"可以！但是不够的话还需要继续交钱。"对方漫不经心地回答。

"好的，我交1万。"李莉说着，输入密码。交完钱后李莉快速走上了少有人走的楼梯，医院楼层很高，每一层楼梯都需要转弯三次，楼梯间里到处都铺着地铺，躺在地上的人侧着身子，静静地睡着。李莉放轻脚步，生怕打扰到别人休息。

给了护士交费单子，李莉看着护士起身配药，抽着针剂里的药水，最后打进一个大大的袋子里。

李莉回到病房，看到隔壁床上的夫妻俩已经睡了。媳妇坐在椅子上，头埋在丈夫的脚下。

李莉想象着自己的妈妈看到爸爸躺在那里会不会心疼，会不会也这样照顾……

李莉暗笑自己幼稚，爸爸妈妈离婚了，妈妈怎么可能会回来照顾爸爸呢？

李莉想起上次婆婆住院，公公焦急地拉着婆婆走，婆婆走不动，公公要背婆婆，让婆婆给制止了。后来租了一个轮椅推着婆婆来回跑。

李莉心想：有没有爱的家庭，只有进了医院才会看到真相呀！

18

∨

∨

半夜的医院

李莉躺在病床上，睡梦中，听到隔壁床的夫妻俩小声对着话。

李莉觉轻，有一点点声音她都能听到。

媳妇说："我刚才去厕所，在走廊里碰到那个消息灵通的老李，他下楼去急诊。看到一个刚从工地过来的农民工，手指断了，全身上下都是血呀，血好像止不住了，地下全都是血。"

丈夫不耐烦地说："你是白天睡多了，咋那么好奇呢？要是我，我就不听！"

"还有更吓人的呢。"媳妇兴奋地说。

丈夫不耐烦地问:"还有啥吓人的?"

"有一个年轻的男子喝酒喝多了,被120送来,男子在担架上浑身抽搐,口吐白沫,眼睛翻白眼。把老李吓坏了,赶忙躲得远远的。"媳妇绘声绘色地描绘着。

"老头子,你病好了可千万别喝酒,如果喝坏了,喝住院了,我可不管你!有病住院,这是谁也控制不了的,喝酒喝坏了住院,又费钱,又遭罪,我看如果是这样,就是不想活了,愣是自己作死呢。"媳妇撒娇中带着担忧。

丈夫想说什么,又咽了下去。最后挤出一句:"快点睡觉吧,明天早上又该起不来了。"

媳妇听话得又躺在丈夫脚边,没有了声音。

没一会儿,走廊里又传来撕心裂肺的喊叫声:"医生,快来看看……"

走廊里传来了吱吱吱吱的开门声、脚步声、喊话声……

"医生还在值班室休息呢,得有人敲门医生才会知道!"

有人说："快打 120 吧！"

又有人笑了笑说："有病吧！这不就是医院吗？"

躁动声越来越嘈杂，有一女人声音很洪亮，急促地嚷道："给医生让一条道！"

隔壁床的媳妇没有出屋，也没有开灯，小声嘀咕着："护士和医生都知道啦！这下就应该有结果了。"

过了 5 分钟左右，走廊里有推床人走动的脚步声，有铁摩擦地板的嘎吱嘎吱的声音，还有铁床晃动的特殊声音。

人群慢慢散去，大家回去睡觉了！外边的声音渐渐减少。

病房内的李莉听到了所有的一切，但是她没有了好奇，没有了想法。

她此时只想天快亮，一切都会过去吧！

早上护士应该是例行检查，推开门，安排着注意事项。

收拾卫生的阿姨穿着工作服，拿着拖布，一下一下狠狠地擦着地，脸盆、尿盆稀里哗啦地响动着。

"收床，这屋有没有人租床？"人没有进来，声音已经进来了，一只大手把着门边，终于男人愣愣地把脑袋探进来看看，又走了。

走廊里打水打饭的声音已经把昨晚发生的事情淹没在历史的长河之中……

19

V

V

人生体验

这时，张强推门而进，李莉跑过去双手环抱住张强的腰，头贴在张强的胸前，哭哭啼啼。张强一手拿着保温桶，一手抚摸着李莉的头，温柔地安慰着："别哭了，我来了，有什么委屈和我说，不要哭啦！让人看到了会笑话你的！"李莉扭动了几下身体，头和眼泪在张强的胸前蹭来蹭去，撒娇地说："我不怕，我不怕，我就是想哭嘛！""哭吧！哭出来就痛快了！"

李莉哭了一会儿，把双手一甩，满脸泪水的她，看着张强又笑了，撒娇地说："你笑话我没有？"

"没有！老婆，快吃，妈妈给你带的饭。"张强认真地说。

"妈妈做的饭真好吃！"李莉嘴里边嚼着饭边说。

张强接着说："妈妈怕你上火，给你煮的绿豆粥，还做了你爱吃的茄子和土豆。你慢点吃！咱爸今天能出 ICU 病房吗？要不我去问问医生，如果可以的话，就让爸回到普通病房，这样也能省下不少钱。"

"昨天晚上我交了 1 万元，票据在我兜里呢，票据都需要保存好，出院时还要用呢。"李莉和张强交谈着。

"啊！我记住了！你今天也该上班了，去公司看看，我一个人在医院就可以的。我在单位已经请好假了。我在医院护理咱爸，你放心不？"张强试探着问。

李莉又哭起来，不吃了。抹着眼泪，低着头。

张强安慰着说："你放心吧，好好工作，我一定会把爸照顾好的！"

李莉把保温桶收拾起来，不说话。

张强把车钥匙递到李莉的手里，告诉她车停在楼前的停车场里，又从兜里拿出几张零钱放进李莉的包包里，催促着："走吧！别磨蹭了，上班去！晚上你也别过来了，回家陪陪孩子，孩子都想你了。你不用担心我，不明白的我会去问。"

李莉的眼眶再次红了，泪水在眼眶里打转。低着头像犯了错误的小孩拿着包包在手里打转。

张强搂着李莉的腰把她带到了电梯口，按了下楼的键。

李莉开着车直接去了公司，工作时精神状态有点不如以前，员工看到李莉来上班，都询问她爸爸的病情状况。

一晃眼到了吃午餐的时间，李莉吃着午饭，新来的小静说着她的烦恼……

经过一上午的协商，姜主任同意把李领导从 ICU 病房转移到普通病房。张强心想省了一次 80 元的吸痰费，也省了好多不应该的花销。在护士的演示下，张强学会了把墙上一端插上痰管，打开开关，试探着将另一端管头插进岳父的喉咙里，岳父不停地干呕，脸胀得红红的，脸上的汗水流了出来，眼泪也出来了。

张强立即停止吸痰行动，痰管里的白雾慢慢消失，收拾好痰管。他把岳父的身体翻向一侧，左手把着上身，右手不停地叩着后背肺部区域，一下一下，直到痰一点点咳出来。

难受的李领导泪水流了满面，也流了好多的鼻涕，张强一边用纸巾给他擦拭干净，一边说："爸爸，您难受，我知道，但是如果痰咳不出来，医生还会送您进 ICU 病房的。"

李领导心领神会地点点头。

张强一会儿量量体温，一会儿擦擦身体，一会儿吸吸痰。

张强的午餐很简单，就是保温桶里的剩粥、剩菜。

隔壁床的媳妇提醒张强吊瓶快没了。

张强按了一下墙上的按钮。护士走过来换了一瓶新的药水。

隔壁床的媳妇试探地问道："你是儿子吧？"

"不是，是女婿！"

"为什么女儿不照顾，需要你这个女婿照顾呢？"隔壁床的媳妇疑惑地问，说完就觉得不对，立马改了，赶忙说道："你这个姑爷比儿子还管用。"

说完，隔壁床的媳妇就走出了房间。

张强很有耐心地重复着吸痰的操作流程，偶尔看看床头的显示屏，适时拿出药喂给李领导吃。

李领导翻身觉得身体不舒服，张强看出来了，找到护士，请求她帮忙介绍一款气垫。

躺在气垫床上的李领导很满意！其实他最满意的是他的姑爷细心的照顾。

20

∨

∨

规则太严，选择逃避

下班前，李莉从网上预订了很多蔬菜、鱼、肉等。在回家的路上，旺仔哭着说想妈妈了！

路上讲着想妈妈的理由："昨天你没有回家，奶奶和我说了好多的规矩，不许祸害屋子，东西不能乱扔，吃饭时不能喝水，夹菜不能挑来挑去，饭碗不能剩饭……"

还没有等李莉说话，旺仔又叽里呱啦地说："我不想回家，不想看奶奶，奶奶还瞪了我呢！"

李莉没说话，因为她也不知道该怎么说才能一针见血把问题处理好。

婆婆看见李莉买回来这么多的菜，边接过菜边说："冰箱里还有菜，下回不要乱买了，避免浪费。"

"妈，我知道了，这次是我不好，忘记和您说了，今天我做饭。"李莉赶忙说。

"你工作累，还是我做饭吧。"婆婆体贴地说。

"不用，没事，我不累。"李莉微笑地说。

婆婆赶忙补充道："对了！李莉，昨天我说旺仔了，他还哭了，说要找妈妈，你也别多想，过几天我妹妹要来看我，我想提前告诉孩子规矩，省得让人笑话。"

李莉安慰说："妈，您说得对，也做得对，我不反对，我支持您这样做！您别想多了，您是孩子的奶奶，有权利对孩子严格管教的。"

"李莉，谢谢你没有怨我，我真的是为了孩子好。"婆婆解释着说。

"妈，你做得对！您休息一下，我来做饭。"李莉安慰着婆婆。

"我帮你打下手，我摘菜吧。"婆婆说。

婆媳二人在厨房里叮叮当当做起饭来。

旺仔在房间里玩着玩具。

张老汉依然擦着地角的脏污。

一桌菜看上去色香味俱全。旺仔刚想挑肉，看见奶奶张嘴要说话，立马把筷子收了回来。

李莉说："趁着菜热，我把菜都夹出来一些，给张强送去吧！"说着李莉熟练地夹菜。

吃过饭，李莉带着旺仔去医院给张强送饭。

路上李莉对旺仔说："今天公司新来的阿姨也和我说公司的规则太严，她想不干了。"

旺仔不屑一顾地说："不干就不干呗！严了谁都受不了。"

李莉还想说些什么，旺仔已经转过身去了。

沉默了好久的旺仔说了一句："我晚上吃饭前把玩具收起

来了。"他的话受到了李莉的赞赏。

到了病房，李领导看到旺仔，勉强笑了笑。张强独自走到走廊尽头吃起了饭。

饿得难受的李领导因为不能吃饭，就想起来下地走两步，心想快点好起来，也能早点吃饭。

李莉气急败坏地吼着："你是病人，不能下地。"

李领导生气了，眼睛瞪着。

钢化杯子咣当一声掉在地上。

旺仔立即捡起来，对着李领导说："姥爷，妈妈说得对，您是病人，不能下地走路。等您好了再下地走，好不好？"

李领导的眼泪从眼眶里滑落下来，懂事的旺仔拿着纸帮姥爷擦拭泪珠。"姥爷，我奶奶昨天也说我了，我也哭了，我也挺讨厌奶奶说我的，但是我改了，奶奶就不说我了，要不您也改改吧？"

李领导点点头！

李莉的泪水也瞬间涌了出来。

张强吃过饭回来，看到他们眼睛都红红的，愣住了。

"快回去吧！天黑了！孩子明天还要上学，需要早睡早起！"张强催促着李莉。

李莉再次被张强带到了电梯口，看着母子俩进了电梯，张强才走回病房。

21

∨

∨

解决问题

旺仔缠着妈妈，晚上非要陪妈妈一起睡觉，说是代替爸爸保护妈妈。

旺仔很快睡着了，李莉的心头像有一团火焰在燃烧，无法入眠。她不停地想着问题。

新来的员工如何安抚，是她不想留下来吗？爸爸的身体什么时候能好？张强一个人照顾是否妥当呢？

思考的时间久了，自己也累了，李莉在不知不觉中睡着了。

梦中她鼓励自己，并没有因为困难把自己打倒，相反她越挫越勇。睡梦中她发现凭自己的方法，已经可以独立解决问题了。

早上吃过饭，李莉送完旺仔去幼儿园，直接去了医院。

正好赶上医生例行查房，几个医生还有一位护士长走到李领导的床前，一个医生说着李领导的情况。主任医师沉思了片刻，告诉家属和护士还需要注意随时吸痰，绝对不能马虎，关乎性命。

张强看了看李莉，李莉看了看张强，虽然没有表情，但是内心都明白了自己的职责。

医生出去了，李莉让张强教自己吸痰，一遍一遍地教，李莉还是下不去手，眼看着李领导干呕，她的心就像被撕裂了一样。她想着医生说的关乎性命，她怕爸爸的生命就这样在自己手里结束了。

顽强的信念在支撑着自己，不断给自己鼓气，相信自己是最棒的！李莉此时头脑中只有这么简单的想法。

次数多了，经验有了，吸痰的方法李莉完全掌握了，张强又继续教着李莉其他的流程。

张强放心的准备要走时，临出门前又强调一句下午他还要过来，让李莉必须上班。

李莉也明白自己的责任，爸爸是自己的亲爸爸，公司是自己用心血经营起来的，哪一个都不能掉以轻心。

李领导的吊瓶打上了，时间久了，李领导的胳膊抽动了一下，李莉似乎察觉到，吊瓶里的液体太凉了，几天没有吃东西的李领导身体太虚弱了，李莉用自己的手捂着吊瓶。李领导看着懂事的女儿，虽然他不善于表达爱，但此时他还是硬硬地说："闺女，给你添麻烦了。"

李莉的心顿时被暖化了，长叹一口气，笑着说："爸呀，咱们俩您就别客气啦！我的性格随您，有时说话特别地横，但其实并不是这个意思，只是不会表达而已。爸，您好好配合医生治疗，等您好了，可以下地了，我就真的轻松了，我相信您是最坚强的爸爸。"

李领导感动得流了眼泪。

整个上午李莉都在有条不紊地进行她的护理工作。

张强带着饭过来了，命令李莉吃完饭就去上班。

公司事情确实离不开李莉，李莉此时浑身上下充满了无比强大的力量，一一解决着各类难题。

下午下班前把新来的员工李小颖叫到办公室，李莉没有批评和指责，只是讲了讲自己的过去。

新来的员工很感动，并承诺要努力改变自己，以后为公司做出贡献。

李莉拍拍她的肩膀，温柔地说："李小颖，你就是曾经的我。一定要好好学习，好好锻炼，做一个勇敢的自己。"

李小颖的表情让李莉看到了公司的未来。

22

∨

∨

判断力和倾听

下班时间到了，李莉突然接到北京合作方的电话，对方强调到的货和订的货品不一样，李莉温柔地说："是不是没有组装好导致的呢？"对方用很不耐烦又傲慢的语气蛮横地说："我们不会弄错的。"李莉百口难辩，没有再继续坚持对错，直接说了句："我明天中午去贵公司看实际情况。"

电话挂了，李莉想到爸爸住院，张强一个人照顾已经很累了，如果这时自己亲自过去，张强会不会有怨言？婆婆照顾孩子虽不会有怨言，但是关键时刻自己临阵脱逃还是说不过去的。李莉设想着自己这次不亲力亲为，委托其他人去是不是也可以呢？委托谁去呢？李莉思索着。

李莉想起了李小颖充满信心的表情，她决定让这个新来的员工去试试。

李小颖听着李总对自己的指示和要求，心中不免又紧张又兴奋。

李莉再次强调去北京的补助不需要票据，直接现金支付。来回机票如有打折也按不打折算，事情结果按原计划达到预期效果还有奖励。

李小颖对于这次美差更加不好拒绝，立马同意了。

李小颖在回家的路上回想着，自己自从到公司，做事虽然很谨慎，但是依然还是出现不尽人意的瑕疵，其他同事开始把自己当成害群之马，只有李总没有嫌弃她，还把这个美差交给自己处理，这充分体现出李总对自己的信任，心里暗暗发誓，一定不能辜负李总的期望。

李小颖回想自己以前就是"妈宝女"，事事都是妈妈在帮着自己操心，这一次是对自己最好的证明。就像李总说的，自信就是事事有预期的结果。她在手机上订了廉价的绿皮硬座火车票，又把东西准备了一下，背着包坐着公交车直奔火车站。

绿皮火车就像大市场一样，老年人听着高分贝的广播节目。

邻座的两个年老妇女，从上火车就开始聊，儿子住的小区里大部分都是刚结婚的年轻人，都是同一批生孩子，男孩多于女孩……

李小颖的头脑里重复着李总的话：能力不足的原因就是听不进话，有判断力是从能听进去话开始的。没有价值的信息，能判断出就开始屏蔽，专注自己的解决方法。她拿出笔记本一次又一次地翻看操作流程，认真地记录着。

上午10点李小颖准时出现在验货部，对方看到她，漫不经心地瞄了一眼，不屑一顾地说："李总不是说亲自过来吗？你能处理明白吗？"对方带着蔑视的表情。

李小颖想起李总告诉她的细节，态度要好，语气要慢，要有礼貌。她一步一步地按李总交代的进行操作，最后她完成的一瞬间，对方脸红了。

对方带着一丝歉意，温和地说："呃，我们在这一步没有弄对。我去和钱总汇报一下。"李小颖笑笑点点头，大度地说："你去吧！我等你，如果钱总也认为没有问题，我就回去了。"

对方很快回来了，向小颖自我介绍说："我叫小雨，钱总让我陪您吃顿饭，不能白来一趟，如果还想去哪里，让我当您的专职司机和免费导游。"

李小颖看着面前判若两人的小雨，咯咯咯地笑出声，倒是把小雨笑毛了。愣愣地看着她。"你就像曾经的我。你该想着进步了！我这次出来是有时间期限的，你的好意我心领了，等你去我们公司，我请你吃饭……"

呵呵呵呵，傻笑的小雨一个劲点头答应。小雨笑着说："你真的很可爱，我以后会去的，不是公事，因为你的笑我也会去的！"

羞红脸的李小颖原本是想等他说完就告诉他自己的名字，此时她忍住不说了。

转身坐地铁，她又开始预定最近的回程火车票。

李莉在会上对于李小颖的出色表现给予了高度肯定。李小颖内心兴奋得像有无数只小兔子在乱蹦。李莉又让李小颖做了总结。

李小颖不好意思地低下了头，声音很低但很有力地说："我以前给团队拉后腿了，有的人对我有意见，朋友圈也把我屏蔽了，我以后会努力跟上大家的步伐，如果以后我有了进步，大家就别再屏蔽我，好吗？"李小颖越说越轻松，头也渐渐抬起来了。大家都大笑起来！

李莉作了会议最后的总结，笑着说："以后大家都是一家人了，有意见就当面提，有实力我们就在业务上比比结果。"

23

∨

∨

有缘来相会

会议结束后，李莉把李小颖叫到办公室，按照携程网长春飞往北京往返机票的原价给了李小颖，又额外拿出 500 元奖励。

李小颖对于突如其来的惊喜分外兴奋，她想象着明天吃完午餐，她为大家准备的果盘准时送达时，大家的表情肯定是酷毙了。李小颖脸上灿烂起伏的波澜完全掩盖不住此时内心的想法。

李莉高兴地说："你真的没有让我失望，再接再厉！"李小颖咬着嘴唇狠狠地挤出"放心吧"三个字，字字充满了信心。

李莉送走了李小颖，手机铃声响起，钱总怎么突然来电了呢？她的内心一怔。

"李总，那天真是抱歉，我今天给你打电话不是来道歉的，我们合作来日方长，以后我再表示。我有话就直接说了，不耽误你大忙人的宝贵时间，你们单位有一个女孩，就是那天过来操作的那个，她有没有对象，有人相中她了！"钱总兴奋地说着。

想了半天，李莉怎么也想不到，钱总是一个这么肤浅的男人，连一个小姑娘都不放过！不回答又不礼貌，怕影响以后的合作。

她试探地问了一句："您是什么时候离的婚？"

钱总笑着说："你都想哪里去了！是我侄子相中了那个女孩。我侄子条件很好的，我头一次看到他对一个女孩如此上心，我当叔的只有厚着脸皮来当说客了。不瞒你说，我们家亲戚都是经商的，一直忙于事业，对于婚姻大事都不上心，我还有一个外甥和一个侄子都在长春随着父母在经商，就是不谈对象，把我姐姐和哥哥愁得头都大了，也不知道什么样的女孩能入他们的法眼。今天我就想问你，那天来我们单位的女孩条件如何？有没有对象？"

李莉这边听着，嘴里不表态，心里就像第一次吃释迦果那么的期待。

李莉说："那小女孩真的不错，人很聪明，我就怕你侄子配不上那个女孩。"

钱总着急了，赶紧说："怎么配不上，他在长春有房子，在北京有车子，业务上一般人都不是他的对手，我看我们帮他们制造一个见面的机会吧！"

"钱总你安排吧！让你侄子有空过来，我请他吃饭，这样可以吗？"李莉说。

"好！好！我看可以呀！"钱总急忙说。

李莉处理完公司的事情，开着车去了医院。

李莉还未到病房，就听到里边传来了未曾有过的咯咯咯的笑声，让她好意外。

推门的一刹那，李莉看到两个披肩发的女生背对着门口，正与张强聊天。

开门声好像咒语一样，屋子里瞬间安静了下来，不约而同望着李莉。

李莉微笑着向大家打招呼。

两个美女变得拘谨起来了，姐长姐短的一声声叫着。解释说张强好久没有上班，她们就过来看看有没有需要帮忙的，欣欣打了水，泓泓帮喊了护士。隔壁床的夫妻眼睛始终不离他们。

李莉想说点什么，又咽下去，看看隔壁床夫妻，问他们有没有吃饭。

对方连忙回应着吃了！他们夫妻不好意思地把目光转移了。

两个女孩也被尴尬局面弄得措手不及，起身就要告辞。

李莉和张强送他们走出病房，李莉突然停住了脚步，问她们对象的事情。

"没有，姐姐也不办事呀。"欣欣红着脸看着李莉。

"这下有着落了，就怕你们对经商的不来电。"李莉试探着问。

"经商的？也可以呀！"泓泓抢着说。

欣欣补充着："就像你们夫妻一样，一动一静，一公一私。"

哈哈哈哈哈哈，张强先带头笑出声。

张强和李莉看着两个美女消失在电梯。

李莉望着张强，张强解释着……

24

∨

∨

有想法的年轻人

　　两人进入病房，李领导怕女儿误会，赶忙说："这两个女孩真好，来了就开始嘘寒问暖，忙前忙后的，我如果再有两个女儿多好呀！"

　　李莉压不住心中的怒火，用极冲的语气说道："就一个女儿都管不明白，自己媳妇都混没了，你还想再有两个女儿，你真是吹牛不上税呀？"

　　张强使劲拽着李莉的胳膊，劝她不要继续说下去。

　　心直口快的李莉是个道德感十足的人，受她妈妈的影响，从小妈妈就在她的耳边强调着这不能做，那也不能做，连处对象都要请示汇报，随着年龄的增长，李莉越来越感到不能再压抑自己，如果再压抑自己，她就会抑郁，张强也多次强调让她做自己，今天一吐为快，让她把多年的委屈一股脑儿全部都发泄出来了。

李领导也不再说话，转过身去，低头闭眼。

张强把李莉劝出了病房，小声告诉李莉，"医生说，咱爸快要出院了，你再忍一忍，好不好吗？你先回家，明天周六，你早上来医院，我再回家休息，好吗？老婆！"

李莉被张强满满的能量给弱爆了，没有说话，点点头，趴在张强的肩膀上不语。

张强挺了几秒僵硬状态，像胳膊麻了在抖动无力的手，勉强拍着李莉的后背，温和地说："别闹了……快点回家休息吧！"转身就回了病房。

李莉扭动着身体走向了电梯。

第二天在医院里，李莉接到了钱总的电话，大意就是小雨从北京回来了，专门赶在周六过来就是为了多和那个不知道姓名，又让小雨着迷的姑娘多接触一下。

李莉让钱总等她回信。

"小颖，今天休息，你在家忙啥呢？"

"我在洗衣服呢！"

"有一个人专程来见你，你想不想去见面呢？"

"李总你可别开玩笑了，有谁会专程来看我呢？你逗我开心呢吧？害怕我一个人寂寞，是不是？"

"长话短说，真事，上次你去北京就有人相中你了！"

李小颖回想着上次去北京的事，疑惑地问："是那个小雨吗？我说有空来长春我请他吃饭，不会是真……当真……了吧？"

"是的！钱总是他叔叔，他的条件也很好，你不要错过机会呀。现在不要洗衣服了，赶紧化个妆把自己打扮得美美的，见见面，聊一聊，看看到底适不适合。"

"李总，你有经验，我听你的！"

李莉回复了钱总，她在电话中把李小颖的号码告诉了钱总，钱总又转给了小雨。

"你知道我是谁吗？我好想你！"小雨迫不及待地说。

"别吓唬我，就见了一次面。"小颖面无表情地说。

"我在火车上，我马上就要到了，我们约一个地点见面好吗？"

"火车站前有一个国商商场，一楼有一个必胜客，我们在那里见吧！不见不散呦！"

李小颖打扮好快速出门，还是比小雨晚到。

"你喜欢吃什么套餐，今天我请你！"李小颖很大方地把菜单递过去让小雨点餐。

小雨也不客气，对服务员说："就来你家当天的特价套餐吧！"

李小颖看了看他，她没有想到小雨会这样的照顾自己的钱包。

聊天中，李小颖发现小雨比同年龄段的男生成熟，他知道想要什么，他的未来在哪里，他对生活有规划。

李小颖看着小雨，心想：我如果有了经验，他开公司我管财务，夫妻同舟共济……想着想着脸红了。

小雨看出小颖对自己不反感，赶忙说："我见到你的第一眼，就觉得好像见过，你的业务能力也让我对你刮目相看，关键是我喜欢你是真的！我想和你在一起也是真的。我想和你一起创造幸福的生活同样是真的！"

李小颖的内心萌动了，眼前这个当过兵的小雨越发让自己崇拜……

25

∨

∨

回　忆

最后结账的时候，李小颖没能抢过小雨，小雨的右手无意中拉住了李小颖的左手，李小颖想把手抽回来，发现小雨的大手已牢牢钳住了自己的手，丝毫动弹不得，她的脸庞也随着触碰的那一刹那瞬间红了，她只好用乞求的眼神，求他不要这样。钱小雨也感受到了李小颖不再躲闪，迅速地转过身去买了单。

钱小雨很绅士地拉开门，身体快速转到门的同侧，李小颖看到他敏捷的动作，心想不愧是当过兵的人，就是不一样呀！

"今天的天气真的很好！我们走一走呀？"小颖试探地问。

"好！"小雨回答得干脆又敞亮。

李小颖喜上眉梢的眼睛眯成了一条缝。"你今天服从我的命令，有没有意见呀？"

小雨立马做了敬礼的姿势，瞬间两人都笑了。

李小颖在前面走着，她感觉不到他的脚步声，她回头一看，小雨跑进了旁边的超市，很快拿着两瓶矿泉水出来了，并汇报着："领导，一个常温一个冰冻，你现在口渴吗，我给你打开？"

掩不住笑的李小颖转过身平抚自己的小激动。

她眼里已经湿润，"这个常温的你喝吧！喝完告诉我往哪里走，走不动了我好拉着你。"李小颖转过身接过矿泉水，她觉得矿泉水伴着他的话就像加进了蜂蜜，格外的香甜。

小雨望着水汪汪大眼睛的李小颖，一边走一边问："头一次穿高跟鞋走这么远吧？以前和前男友在一起也这么走路吗？"

李小颖不走了，停下脚步，很生气地望着小雨，"为什么要告诉你呢？你的故事我还不知道呢？你为什么这么霸道的想知道我的过去？"

小雨紧张起来，拉着李小颖继续往前走，路过人多的地方，他有意识地用身体保护着李小颖。

沉默过后。他说："那年高中毕业聚会上，我的邻座是我的同学段帆，她总是拦着我不让我喝太多的酒，我就生气了，不管不顾就是喝，不胜酒力的我很快就喝多了，段帆主动提出来送我回家，同学们把我们送到出租车上后回去继续喝了起来，到了楼下，段帆和司机把我拉下了车，她上楼把我爸叫下来，他们搀扶着我躺下，我妈那天不在家，我爸很生气地埋怨着我，段帆就留下来给我倒水、擦脸、脱鞋，又把我吐的脏物给收拾起来，打扫干净后走了，我爸在第二天我清醒后一个劲地夸那个女孩子懂事，人也长得好看、善良，又说如果我们钱家将来能娶上这么贤惠的媳妇就是钱家积德积福了！我妈也想看看段帆。同学聚会上，段帆那天没有回去，直接回家了，大家就起哄我们是天设地造的一对，后来我妈看到了段帆，她也特别喜欢段帆，让我对段帆好一点，我们那时总聊天，才发现高中三年时间彼此好像没有真正意义上的了解过，原来彼此好多的个人爱好是那么的相同。我后来去了部队，她去了外地上大学，我们虽然见不到面，但是每天最盼望着留言，那四年中我们惺惺相惜，彼此惦记着，就盼着早点毕业见面。在她毕业前夕，有一天给我留言，让我忘了她，她已经遇到更合适她的男孩子，她不想再异地相恋下去了，并祝福我早日找到幸福。我接受不了分手的现实，在那个假期请假赶了回来，我就想见见她，让她亲自给我解释清楚，到底是怎么回事。后来我在医院里见到她，她原本就很柔弱，躺在病床上更加单薄，她的泪水顺着脸颊不停地滑落，我也陪着她哭，她不希望我看到她这个样子，让我忘记她，她那天说了好多的狠话，让我不要再记起她。回家的路上，我就想着我要给她一个求婚仪式，到家了，我说给爸爸妈妈听，他们刚开始不让我再折腾了，后来他们同意了，再去医院布置病房的时候发现段帆不在了，我找遍了整个医院都没有找到她，后来得知她走了……她临走前就说让我回部队好好地工作，我回到部队后每天再也盼不到她的鼓励和笑脸，我很是痛苦。直到那一天我看见了你，你的笑容和认真工作的样子简直就是和段帆一模一样，我不想再次失去爱情，所以我就来找你了。"

小雨的右手再一次把李小颖的左手牢牢钳紧了，李小颖还沉浸在故事里没有出来，瞬间她被小雨拉疼的手让她快速恢复了正常的思绪。

他们继续走着，彼此沉默着。

李小颖心想：我是不是段帆的替代品呢？他说他与段帆的爱情没有结果，难道是在我身上找到再续前缘的影子吗？她的心情不再是刚开始的激动，而是对一段未知感情的担忧。

小雨好像还沉浸在回忆里没有出来。静静地走着。

李小颖打破了沉寂的氛围，有点生气地问："你认为我是段帆对吗？"

"不是的，你是你，她是她，她已经不存在了，我只是喜欢你这种女孩！你认真的样子和你的笑容是我难以忘怀的，我每天都在回忆着你的笑容和认真的样子，所以我才迫不及待来找你！"小雨赶忙说。

26

∨

∨

突然的见面

李小颖看了看小雨的眼睛，布满红红血丝的眼睛，有点疲惫。她才想起来，小雨是坐火车从北京专程来看她的，小雨不顾路上的颠簸和旅途的劳累，仍继续陪她走着，已经在证明他是真心实意的了，没有必要再吃醋了，她又感受到一种力量，从手到胳膊，到全身都传递着温暖的能量。

"好疼呀！你累不累，我们休息一下呀？"小颖说。

"不累，如果你累了，我们就不走了，找一个地方休息下。我以前在部队训练时，这只是小儿科。"小雨笑着说。

"咯咯咯咯咯"的笑声把小雨笑得不好意思起来，也傻笑着，"呵呵呵呵，我说话直，别介意！"

"前面就是牡丹园，我们到了那里再休息吧！"李小颖又下着命令。

"这花真好看呀！"小雨的眼睛好像又大了一圈，声音也温柔了一倍。"你说说你的过去呗？如果不想说，我也不勉强。"

"我的过去，让你失望了，我没有交过男朋友，但是我之前有一个好朋友，女生，曹小颖，我们就是姓不同，后面的名字相同，我们在高中时是最要好的朋友，什么话都说，彼此之间没有秘密，我们的学习成绩也不分上下，我是班长，她是团支书，我们是班级其他同学羡慕的好朋友，后来她考上985，得了抑郁症，再后来她就自杀了……"

再一次陷入了沉寂！

小雨的叹息声在空中回响了好久。"人活着已经很不容易了，过去的就让它过去吧，逝者安息，活着的就更加努力吧！"

"你家在哪里呀？你还没有回家吧？"李小颖问小雨。

"我家就在这附近，文化广场，要不去我家看看？"

李小颖极不自然地说："不行，我没有做好准备呢。"

"准备啥呀？去我家什么也不用准备，我爸爸妈妈不会挑理的……"

"我只是没有做好心理准备！"李小颖说完看着小雨，小雨还在看着花，并没有细心分析李小颖的回答。

"要不你先回家，我们有空再联系！"李小颖很急切想把小雨甩开，她想回去静静地享受这份从天而降的感情。

"不行，你的意思是觉得我很讨厌是吗？想离开我？"小雨快速问道。

"小雨同志，你想多了，我怕你累，又好久没有回家了，我不能占用你父母的宝贵时间。"李小颖接话的速度也很快。

"要不你就和我回家看看我的爸爸妈妈，好吗？看完如果你觉得很尴尬，我也不拦着你，你想回家就回家。"

李小颖脸红着说："你着啥急呀？"

"我认定你了！丑儿媳早晚要见公婆的。再说你那么美，人见人爱，择日不如撞日，就现在！"小雨迅速站起来，抓起李小颖的手，就像老鹰抓小鸡毫不费力地就把她带走了。

"叔叔阿姨好！"李小颖有礼貌地问候着。

"你多大年龄了？在哪里上班？"

呼呼的鼾声在沙发的另一端响了起来，"真不好意思，我儿子困了！就让他睡吧，我们聊！"

李小颖笑呵呵的一句一句回复着，就像对待客户那样亲切，叔叔在旁边拿起了电话，"给我定一个包房，菜品到了再点！包房给我留住了，晚上六点别忘了！对，最里边肃静的那个包房！"

晚饭后，小雨打车把李小颖送到她家楼下，李小颖并没有邀请他上去，他也没有勉强。直到她从窗户里眺望的时候，发现高高的小雨此时就是一个小黑点，她努力挥着手，向他表达着：晚安。

"真的不错，儿子好眼光！妈妈爸爸都很满意！"小雨的妈妈看到儿子进门后迫不及待地说。

"妈，你们今天真有未来公公婆婆的范儿，我不多说了，进屋睡觉了，有话明天说！"说着把房门关上了。

"李总，感谢您的介绍，我安全到家了，很满意！有空我们再细聊，晚安！"李小颖如释重负地关上了灯！

"我很好奇，有空再聊吧！晚安！"李莉发过来了信息。

27

∨

∨

安　排

　　周日的早上，李莉带着婆婆装的饭盒到了医院，见到张强把车钥匙递到他手里，并强调了一下车停放的位置。

　　张强不放心地嘱咐着："爸爸有点便秘，你喂粥的时候要加一点温水，搅拌一下，用榨汁机时一定要把水果皮削好，切成小块，然后再榨汁。还有我三姨和表妹要从台湾过来，昨天晚上联系我的，表妹出差就在长春待两天，三姨好像也要待两天，中间还有一点事情要办，明天上午 10 点的飞机，我们商量一下看看怎么安排。走，到门口想想，再说！"李莉很麻利地说着："你先回家休息吧，我想想怎么安排，回头我再告诉你结果，怎么样？"张强拖着疲惫的身体边走边说，"我等你信儿！"

　　"爸爸，今天的小米粥不稠，我就不加水了，小心，别烫嘴，慢慢地再张大一点点，好，就这样……爸，配合得很到位呀！"

李领导抿抿嘴，眼神里流露出一丝丝甜笑，"爸，今天你的状态可比以前好多了，有精神了，不像前几天呆呆蒙蒙的。"李领导脸上的肉也松软了许多，僵硬的笑容一去不复返了。

喝过果汁之后，李领导有了便意，李莉极不情愿又不得不为之地去处理。

看着李领导睡着了，她和隔壁床打了声招呼，转身去找405病房的护工。

"姐姐，我明后两天想找个护工，您能帮我找到吗？护理我爸爸，现在能吃流食。"她很焦急地等待护工答复。

"应该没有问题，把你的电话号码告诉我，我一会给你回话。"

李莉回到了李领导病房，摆弄着手机，发现好几条留言。

宋菲发信息说：最近有人给我介绍对象了，我的心情很复杂。

李莉看后回复：得到人生最愉悦的，就是赤子之心，一定要拿到这颗心！加油！

李小颖的留言是：李总，发展的速度太快，我吃不消了！

李莉回复：恭喜你呀！说明一见钟情啦！

钱总的留言是：小雨全家都很满意，我要好好感谢你呀！媒人之恩！

李莉回复时，笑了笑，她想到了欣欣和泓泓，很急切地打着字：你家那两位帅哥的信息，有空发给我，我也帮忙安排。

钱总：一个笑脸图案。

李莉：一个胜利手势！

这时电话进来了，405 的护工说："明天 8 点过来，一天350 元，两天共 700 元，你看可以吗？"李莉爽快地答应着并嘱咐明天别迟到。

李莉马上打电话给张强，"老公，问题解决了，明天上午8 点过来护工，共两天时间，我和爸爸解释一下，没有问题的，你放心吧！"

李莉挂了电话后，继续回复着信息……

28

∨

∨

照片中巧遇

去往机场的路上，张强开着车，李莉坐在副驾驶位置上，婆婆坐在后面不停地说着三姨的故事。

那年三姨被一个当官的带到台湾去了，不知道生死，最近几年才联系上。

"妈，三姨是因为长得好看被带走的吗？"

"不是，那年月穷，孩子多，养不起，一对当官的夫妻没有孩子，就想抱养一个，大家都想把自己的孩子送给他们，孩子跟着他们就有吃有喝有学上，就不会继续待在农村等着饿死。你三姨那年 10 岁，她哭得稀里哗啦的，当给她糖吃时，她就笑了，那个官太太就觉得你三姨有灵气，和他们有缘，就领走了，在去之前，我们把她带到屋里反复地告诉她，她的名字，父母的名字，我们的村子叫啥名字，哪个县，哪个省，她都记住了，我们才让她走的。"

"妈，三姨的命也算是很好啦！要不在农村不知道要吃多少苦呢。"

"是呀！"

叹息中，婆婆的眼泪流了下来。

"妈，你别哭了，见到三姨应该高兴才对呀！"张强补充道。

机场里接机的人把出口围得水泄不通，婆婆的眼睛睁得大大的，仔细地望着每一个出来的人。

"电话来了！"张强迅速接通电话，"我们3个人，你们出来面对人群向右走，有我妈、我媳妇、我，一共3个人。"

"我们拿到了行李，马上就出安检的大门了，一会儿见！"

婆婆紧张地指着两个穿白裤子的女子说："就是那两个人，太像了，和小时候一样，没有变。"泪水再一次夺眶而出。

"姐！终于见面啦！好想你呀！"三姨激动地说。

两个泪人紧紧拥抱在一起。

"5个人正好一车,我们上车再说。"张强说道。张强和李莉麻利地帮拉着行李。

回去的路上,车里有笑声,也有哭声;有叙旧的叹气声,也有兴奋的惊叫声……

李莉事先安排好了酒店,安顿好二人,又去接张老汉和旺仔,下午一点大家热热闹闹在酒店包房内继续聊着,叙着旧。

李莉在去洗手间的路上,不放心李领导,打了个电话:"爸,吃饭了吗?护工照顾的还可以吧?……""好,好,好,那我放心啦!"

回坐后,张强提醒李莉给李领导打电话,"打过了,都很好,放心吧!今天看妈妈多开心呀!脸上的笑容都聚成了两朵粉色的花啦!""是呀!妈妈好久没有这么开心啦!"

"外甥,姐,有一个事情相求,我想找一个叫钱铁财的人,大概50岁左右,他家原来在铁北一匡街附近住……"

李莉拿起电话咨询了一个同学,她建议她去附近的派出所查一查……

李莉和张强吃过饭,送父母和儿子回家后,开着车去了派出所，很快查到钱铁财后来搬到了文化广场附近，具体的门牌号，用纸记完核对了几遍，准备交给三姨。

三姨激动地打着电话，相约晚上一起在大酒店的三楼包房内聚会。

表妹出差的事情也很快办好了。

晚上的聚餐，李莉和张强没有参加，但是很快在三姨发来的照片里看到了李小颖的身影。

"世界真的不会这么小吧！"李莉自言自语地叨咕着，张强补充道："你的眼睛有多大，你看到的世界就有多大。"

"哈哈哈哈，我的眼睛真的好大呀！"李莉顿时笑得前仰后合。

29

∨

∨

生命里微小的触动

张强推了推身边还在熟睡的李莉说:"咱们还要去三姨那呢,三姨晚上回台湾。"

揉了揉眼睛,李莉追问道:"三姨她们太着急了吧。"

婆婆早已经把早餐准备上桌,"莉莉,你觉得妈妈今天穿这身衣服怎么样?我今天要和你三姨好好地照些照片。"

"妈,挺好的,如果像三姨一样也穿上鲜艳颜色的衣服更好看。"李莉边吃边看着,又停顿了一下,起身回屋拿出化妆品,"妈,你先吃饭,吃完了我给你化个妆,你看三姨皮肤保养得多好呀!给你化完妆,你们就更像了。"

"能好吗?是不是像妖精一样,我可没有化过妆,我就不化了吧？"婆婆难为情地看着李莉。

正当李莉为难的时候，张强补充一句："妈呀！化化妆吧！你看三姨和你站在一起，就像两个年代的人，妈为了向年轻靠拢，你也要化，必须要化得年轻一些！这样才会更加有朝气和活力。"

"老婆，妈不喜欢特别红的口红，给妈涂的口红别那么艳就好！"张强边嚼着馒头边说话，嘴里含混不清的，李莉听完就控制不住想笑，一个男人还注意那么多的细节呢！

婆婆也有点不好意思，话到嘴边又咽了回去，眼睛使劲地望着菜，筷子在盘中画了几圈，就是没有夹住菜。她叹了口气，又低头看着馒头，慢慢地咀嚼着。

"奶奶，我也想穿漂亮的衣服，我也想化妆，可以吗？"旺仔拽着奶奶的袖口央求着，看奶奶没有答复，他跑到李莉身边，"妈妈，你先给我化妆吧！然后再给奶奶化，好不好吗？"

李莉被突如其来的阵局搞得有点抓不着头绪，她说："好好好！我现在就给你化妆，让奶奶先吃饭。"

张老汉挺为难地望着老太婆，他认为所有的开端都是老太婆引起来的，狠狠地瞪了她一眼，一个眼神瞬间让张强碰撞上了，"爸，吃完饭你也找一身年轻点的衣服，今天要拍照片，也打扮打扮。给我妈做一个年轻点的绿叶。"

张老汉没有说话，也没有抬头，边吃着饭边心里想，这么多年，老伴和自己在一起，如果真说这件衣服好看，那比起电视剧里同样年龄段的女人，老伴穿的逊色多了，都怪自己挣的钱少，不能给老伴买一身漂亮的新衣服。他心里隐隐泛酸，眼睛有点湿润，努力控制着。

"老头子，我去给你找一件衣服吧！一会儿你吃完饭就换上啊！"婆婆放下筷子麻利地向房间走去。

在去往三姨住的酒店的路上，旺仔说："奶奶今天好年轻，爷爷的衣服今天穿得有点厚，好像爷爷比奶奶年龄大好多呀。"

"如果旺仔重新帮奶奶找对象，你觉得爷爷适不适合奶奶呀？"奶奶不知怎的，突然间有点嫌弃起了张老汉，话里话外的让张老汉听着有点不舒服。

大家哈哈哈哈笑个没完。

吃过早饭的三姨母女两人今天想去外面走走看看，李莉向三姨介绍道，"长春的变化很大！我们可以看看伪满皇宫博物馆呀。三姨，你们还想去哪里？"三姨马上指指女儿，"她做了攻略，她知道呀，我的年龄大了，记性不好。"

"莹子还想去哪？别客气，你就和嫂子说说！"

莹子有点不好意思起来，"去了伪满皇宫博物馆，就不能去净月潭和电影城了，它们之间的距离好远，就今天一天，我怕时间来不及。"

"时间是有点仓促，那我们就去净月潭和长影世纪城吧，它们距离近。"张强很理性地把多项选择题归纳到了两个标准答案。

李莉带着孩子和莹子在前面带路。张强拉着三个老人紧随其后。

午饭选择在净月潭内的一家餐厅，莹子边吃边和李莉聊着，他们今天吃的鹿肉，是她有生以来第一次吃，她知道鹿肉营养价值高于其他的肉类，比较卤水鹿肉拼盘和扒鹿肉的味道，卤水拼盘更符合她的口味。

三姨和婆婆聊的话题好像更加开心。

"长影世纪城是中国第一家世界级电影主题娱乐园，有很多的特效制作，也有表演。"李莉一边介绍着，一边紧紧地拉着旺仔，旺仔的眼睛已经不够用了，张强买完票，大家很快进入了电影城内，李莉作为导游，偷偷地问旺仔："前面的鬼屋你敢不敢进去呢？"眨着眼睛的旺仔说："敢。"

张强不同意去鬼屋，张老汉说。"进去吧！要不白来了，也不需要多花钱。"

张强不好意思在这么多人面前不给爸爸台阶下，他抱起旺仔把他放在脖子上让旺仔骑在上面，他们探着步往鬼屋里面走，保持着前后的间距，迈着小碎步，左右黑黑的，只能看到绿色的荧光在晃动，冒着白色的气体，可以看到一具具恐怖的骷髅在上下左右摇摆，旺仔大喊，"快看，爸爸，那里有妖怪！"眼前有一个穿着黑色大袍子的怪物，顺着轨道快速向他们靠近，偶尔能听到大风吹过来的呼呼声，旺仔抓住了爸爸的头发，两条小腿僵硬地挂在爸爸胸前，嘴里突然发出呜呜呜呜的哭声！"别怕，爸爸在这呢。"张强把旺仔从脖子上拽到胸前紧紧地抱住。赶紧说："旺仔闭上眼睛，不怕，一会儿就出去了。"

"谁拍我了，是老太婆吗？别吓唬我，这里多暗呀！"张老汉声音很大地说着，李莉听到接了一句，"这个是工作人员拍的，不要害怕，他会每一个人拍一下的。"

终于从鬼屋走了出来，旺仔说自己的腿不好使了，不能下地，只能继续坐在爸爸的脖子上欣赏风景。

欢快的小丑表演很快就把大家融入进去，旺仔也忘记了腿软，自己下地走起来，当进入一个特效场馆，旺仔呆住了，怎么发出来的声音呢？

园内的冰激凌很好吃，旺仔和爷爷都是这么评价的。

回到酒店，张老汉和旺仔被留在酒店看电视，他们去了机场，路上好多的话没有说够，没有说完，带着遗憾，三姨她们进了安检门，直到挥手看不到对方，张强他们才回来。

在回去的车上，婆婆说着三姨有多么的不容易，眼泪也流了下来，李莉安慰道："以后有假期，可以一起去台湾看三姨去。"

30

∨

∨

二人世界

看到妈妈回来，旺仔兴奋极了，搂住妈妈的脖子，他想看照片，白天要数他拍的照片最多了。

"回家看去，我们结账走人。"李莉说着要走，张强把李莉拉到了洗手间，"好几百一天呢，今天晚上的钱已经付过了，明天中午退房就可以，要不咱们再住一夜？"李莉刚想大声说话，被张强捂住了嘴，"今天晚上就咱俩住，我先把他们送回家，就这么定了。"

李莉秒懂了张强的意思，不再说话，配合着把两个老人和孩子送回了家，他们又偷偷地溜了出来。

"老婆，我好久没有吃羊肉串啦，要不我们今晚吃点羊肉串，你喜欢吃板筋和骨髓，都多点点。我想吃羊腰子，你也别拦着我。"李莉嘻嘻嘻嘻笑了好久，接着说，"不拦着，你今晚吃啥做啥我都不拦着，你最近照顾我爸也够辛苦的了。"

张强哼着歌，开着的车窗带进来的风，像婴儿一样抚摸着他们的脸庞，有幸福的放松，又有丝丝的甜蜜。

肉串吱吱吱吱冒着小油花被服务员一趟趟地端上来，啤酒倒进杯子里，带着淡淡的细小泡沫向上涌起，"革命的小酒，天天都有……"

李莉堵住了张强的话，"我好累，你快点喝吧，别整些没有用的酸溜溜的话了，肉串都要凉了，我吃不动了，我再吃两串，剩下的都归你吃。"

"享受生活也是一门艺术。不但要有享受的资本，还要有享受精神的乐趣！"张强喝着酒讲起了生活的哲理。

李莉突然觉得她和张强原本是那么熟悉，此时是那么陌生，她好久没有听到张强絮絮叨叨地说哲理了，也好久没有享受两个人快乐的精神沟通了。她回忆着过往，每一天的耐心都留在了哪里？留在所谓的工作中了。难得有时间可以喝酒，何不敞开喝，她把酒瓶从张强面前抢了过来，自斟自饮起来。

张强看到李莉的嘴角微微上扬，以为李莉喝多了，"别喝了，以后和其他人在外面喝酒，不要这么虎，哪能一杯一杯不停地喝，喝酒喝的是心情，不是酒，你喝得太快了，停下来，找一种感觉，放慢速度喝，喝完三瓶酒去一趟厕所。"

"不行，我喝完一瓶就上厕所，我憋不住。"李莉的话有点拉长了声音，但是她知道厕所在哪里，也知道张强在哪里等她，就是头晕晕的。

李莉很倔强地喊道："再来一瓶，我要常温的，快点，到瓶底了，接不上溜了。服务员听到没有，上酒。"

李莉怎么回到酒店的，她断片了，又是怎么吐的，她也想不起来了……张强帮她回忆着。

"不可能，绝对不可能，那就是你曾经的样子，绝不是我。"李莉反抗着。

张强看看手机，摸了摸李莉，"你服不服……"

"不服……"

"好累呀，我不想上班！"李莉撒着娇说着。

"不行！今天我去医院接班，你必须要上班，要不员工开始学你不遵守纪律了。老婆，听话，你最棒啦！"张强哄着李莉，温柔地说。

"你就骗我，我不想上班，我想躺着，我累！"

"老婆，我知道你累，再坚持坚持，等爸出院了，你放假了，我也放假了，我们还要一起去台湾旅游呢！"

李莉伸了伸胳膊，起身穿衣服。

31

∨

∨

恋爱脑子

"老婆，爸爸说护工照顾得很好，吃得也很好，你放心吧，还有三姨也平安回到了台湾了，说盼着我们早日过去呢！汇报完毕，老婆忙吧！么么哒！"张强兴奋地说着。

李莉听着张强的话，从心里涌出来很多无形的力量，她认为这是爱的力量，这种力量可以让她稳稳地支撑住整个公司。

虽然上午忙得很，但是一点也不凌乱。李莉觉得自己又成熟了好多。

"李总，感谢您，小雨他回北京了。"李小颖见到李莉后说。

闲暇时，李莉才记起小雨来，照片里帅帅的阳光大男孩。

他很像大学时的张强，有一股不服输的劲头，认准了道就会一条路走到黑。

午饭的时候，李莉看到了李小颖，坐了过去，很好奇地问她关于酒店包房的事。

"李总，您怎么知道的？小雨和您说的？"李小颖紧张地追问着。

"不是，我是看照片看到的，那天有小雨的父母吧？还有两个女人，一个是我老公的三姨，一个是他表妹。"李莉解释着。

"那么巧，那天我原本不想去，小雨到我家楼下等我好久，我就随他去了，他说是他大伯的妹妹，虽然没有血缘关系，但是一同被收养在一个家庭，小雨的大伯和养父母在去学校的路上发生了交通事故，他们开的车被撞进了大海中，小雨的姑姑从此就成了孤儿，后来她就进了孤儿院。"李小颖讲着她听到的故事。

李莉想起了婆婆在车上没有说完的话，三姨……

李莉能脑补到三姨小时候要被领走时的哭，吃到糖时的笑，拥有哥哥时的快乐，再次失去亲人的痛苦……

"李总，小雨想下次过来带些礼物送给您。"李小颖看着李莉说道。

"啊？啊！不用！"缓过神儿来的李莉继续说道，"你们好好相处就行！"

"工作上，小颖你最近进步很大，可不要因为有了男朋友就分心呀！"李莉说完感觉有点不妥，好像怕什么……

"我记住了！"略带委屈的李小颖离开了餐桌。

李莉想到了自己和张强处对象时，学习成绩直线下降，满脑子都是恋爱，她不想她的员工也是恋爱脑！

32

∨

∨

吃晚饭

宋菲的男朋友有点高冷，时不时地就没有消息，她首先想到的求救对象就是李莉。

"还想出去喝酒呀！要不这样吧，今晚你来我家，看看我们家的氛围你就知道什么是幸福生活啦！"李莉带着骄傲的口吻向宋菲发出了挑衅的邀请。

"我去真的方便吗？还有老人在你家，还是改日等你有空的时候再约吧！"没有如期和李莉见面，心里有点小失落，声音也是沉沉的，带有一点点的小压抑。

"今晚我做饭，你帮厨，也学习一下厨艺吧。反正早晚都能用得上。"

"你做饭？我怎么不相信呢？"

"不相信拉倒！眼见为实，要不你就过来帮我打下手。"

"那我买几样菜带过去吧！"

"你喜欢吃啥，你自己带啊！我就不客气啦！"李莉很满意同学的直接。因为在她心里，她始终认为宋菲就是一个很挑食的公主，很难达到她的满意。

相约在楼下会合，她们各自拎着菜。

婆婆这次没有做菜，把厨房让给了两个年轻人。

宋菲发现李莉指挥她干的都是无足轻重的小活，扒葱、扒蒜、削土豆皮、摘青菜……

李莉挥舞着她的小铲子翻来翻去地炒着，她能闻到浓郁的菜香味，就像妈妈做的菜一样，很有食欲。肚子也开始咕噜咕噜地罢工了，闲下来的两只小手，按捺不住想伸进菜盘中，一尝为快，她偷偷地拿起一块锅包肉，酸甜可口，味道很不错嘛！让正在炒菜的李莉看到说："在我家可以，以后去了未来的婆婆家，这个举动千万不能有。"

"我怕到时我控制不住忘记了，这次先吃着，嘻嘻嘻嘻。"宋菲对李莉做的菜尤为赞赏。

李莉拿出碗筷，摆上台面。

"老公，你什么时候回来吃饭呀？菜已经做好了，宋菲在咱家，就等你上桌呢。"李莉给张强打电话说。

"老婆，我到楼下了，你们先吃着，不用等我。家里还需不需要什么饮料？我直接带回去！"张强害怕招待客人不周，提示着李莉。

"什么也不缺，就等你人啦！"宋菲抢过电话来补充道。

"爸妈，上桌吃饭啦！宋菲也不是外人，大家都别客气，张强马上就进屋了。"李莉说道。

张强以水代酒敬了宋菲一杯，"下次过来吃饭的时候，可千万不要自己买菜，说出来会让人笑话的。"

张老汉和婆婆也在一边说："在农村自己带菜去吃饭就是笑话请客人家穷，下次绝不能这样，你喜欢吃啥我们买啥，我们再做你喜欢吃的口味。"

宋菲的餐盘中，被旺仔夹的大排骨和鱼、肉摆得满满的。

旺仔说："喜欢宋阿姨，欢迎阿姨有空再过来吃饭。"

宋菲的内心被一股浓浓的暖流温暖着，她看到每一个人都是那么善良、友好。

张强帮宋菲倒完啤酒说道："你慢慢吃，让李莉陪你多聊聊，我有点累了，回房间去躺一会！"

"啊！啊！"宋菲点着头，不知道说什么好了。

宋菲能感受到每个人彼此之间是那么的被尊重。

33

∨

∨

不知如何回答

送宋菲下楼时，宋菲问李莉可不可以在附近坐一会儿，聊一聊心里的纠结。

"没问题，你要是不说，我都忘记你找我的事了。男朋友相处的不尽你意呗？"

"咱们就在这里坐坐吧。"李莉指着铁制的长椅。

"好的，又占用你休息时间了！"宋菲的眼神里有渴望又夹杂着纠结。

"没事的，我们的关系，你不要客气啦！你肯定有好多的问题需要我解答是不？我太了解你了，平时的工作都是解答别人的疑惑，到了自己身上就是大疙瘩。"

宋菲亲切地拍着李莉的手说："你真的太了解我，都快成了我肚子里面的蛔虫啦。"

"你的职业太摧残一个人顽强的心灵了，每天那么多脆弱的灵魂需要你拯救，你还哪有心思把男人放在心上呀！"

"你说得太对了，你启发了我的思维，我被好多问题困惑着……人性方面的。我发现咨询的顾客在提到家庭关系时，女人都有点瞧不上男人，她们学历高，赚钱能力都比较强，追求者多，社会地位也高。她们的言谈举止都非常优雅，所以才会有现在的成就吧！问题来了，她们的老公，往往觉得她们笨，觉得她们傻，觉得她们爱嘚瑟，好像在他们心中自己的老婆很不值得一提。原因是他们在没有犯错误之前，女人就发现并制止问题的出现，导致他们不服气，咽不下去这口气。还有一类女顾客，很有智慧的，并不计较得失，她们装作大大咧咧，表面上特别尊重人，实际上她们早已经看出来，男人的话有时不靠谱。就傻傻地装作看不出来，等着男人出笑话，她们才去解决问题。问题又来了：男人会觉得自己不靠谱吗？男女之间好像男人很少承认自己错了，但是犯罪分子往往是男性高于女性。难道是男人喜欢装傻，不喜欢有智慧的女人？不喜欢真正有本事的女人？我也知道答案就在这两者之间，仁者见仁，智者见智！但是从人性的角度看，男人就愿意等着女人来喜欢他，而且面子在男人心中高于一切。"

李莉面对着宋菲，她感觉自己好像从来没有活过一般，从来没有考虑过这么多的问题，从来没有时间思考男女之间的关系问题。她惊愕地望着她，不知道说什么才能安抚宋菲。她想说男人都那样，但是觉得不妥，也有张强这样有责任感的男人。她矛盾得像一个小孩子。她陷入了沉思中……

"李莉，你不用回答我，我能把自己心中的纠结说出来，我就好了很多，谢谢你！"

"啊！啊！不客气！"用了好久的时间李莉才缓过神来，宋菲的话难以让她消化，她真感觉自己太不了解男人了。

"那我回去了，李莉。我们电话联系。"宋菲亲密地和李莉拥抱后走了。

李莉望着宋菲远去的背影无力地挥挥手。

34

∨

∨

深 聊

躺在床上，李莉被精神上的困惑折磨着。

张强翻了一下身，用手抚摸着李莉。

李莉紧紧地搂住了张强的腰，把头埋进张强的怀里，很委屈地问着："我们聊一聊呀？"

"老婆，等明天再说吧！今晚早点睡觉吧。"张强温柔地说。

"我睡不着，心里的问题消化不了。"李莉委屈地说。

张强起身拿起床头柜上的水杯，问李莉是否喝水，李莉摇了摇头，他喝了一口，很快有了精神头，抚摸着李莉的胳膊，温和地说："老婆，有什么消化不了的，看看我可不可以帮你？别把我老婆给憋坏了。"张强用手指在李莉的胳膊上画起了小圈圈。

李莉的精神头也被激发出来，就像机关枪扫射一样把宋菲的话全部倒了出来。

张强想了一下，"这个问题我也没有想过，但是我认为男人都是好面子的。"

"难道面子和事实比较起来，男人不喜欢事实的真相？"李莉追着问。

"不是每个问题的答案都像数学题一样，只有唯一的一个答案，生活中过程有好多种，答案也有好多种的。"张强解释道。

"你的意思是万事万物在生活中又不能联系在一起了，对吗？"

"不是绝对的！"张强很勉强地回答着，"男人事业成功有小一部分靠的是赌，赌赢了就是成功，赌输了就是失败！"

"那男人的智商都被面子给遮盖住了，是吗？"

"不是这样的，男人有很大一部分是靠智商和魄力在创造事业的。男人比较理性这一点就是事实，所以一般的研究人员和领导者都是男性，女性比较感性，适合一些组织和质量方面的工作，女人擅长关注于微观，男人擅长关注宏观上的。"张强分析着。

"我觉得很有道理，创业者一般都是男性，守业者一般都是女性，所以才有了'搂钱的耙子，装钱的匣子'的说法。把男人比做耙子，不停地创造价值，后方的女人只要做好收钱的准备就可以啦。"

"不全对，咱们家就是一个例外，你就是搂钱的，我赚钱能力不及你，但是我也不甘于落后，仍每天努力工作呢！"

"老公，我想起来了，我还忘了恭喜你了，宋菲来了，我也不好意思当外人面说这些，你当一把手领导了？"

"哎呀，别提了，临时领导，接那么一个大烂摊子，我怕出事。"张强说完有点后悔了，但是来不及了，他怕李莉担心，能说出来自己内心的纠结也是夫妻之间的信任吧。

李莉有点懵了，瞪大了眼睛望着张强，她无语了。

"赵占奎的账对不上，好像他真的挪用公款了。"张强很无奈地解释着。

"赵占奎怎么了？"

"他被带走了。结果会怎样我也不知道。"

"那说明单位原来就有了问题。老公，我相信你的，你一定能把这个烂摊子给弄清楚的。"李莉给了张强一个大大的拥抱。

"你的问题还困惑吗？"

"老公解答得非常令我满意，老公你现在心情好点了吗？"张强挣开李莉的胳膊，补充道："明天好好工作就什么都解决了，现在睡觉吧！"

么么哒！

35

∨

∨

愿每一个人都完美

李莉吃完饭又想起了宋菲，想向她请教一些问题。

"怎么反转了呢？我认为你是我的榜样呀？"宋菲很惊讶李莉会问自己问题，在她的心目中李莉和张强是非常幸福的一对伴侣。

"我才知道我在心理学方面的缺失，我真的搞不懂男人的所思所想，两性之间如何保持新鲜感，如何才能不进坑呢？"李莉疑惑地问。

"李莉，我认为你不会掉进坑里的，张强对你多好啊，你的公公婆婆还那么通情达理，你不要多想了！别在意我一些所谓的爱情观。"

"宋菲，真不是的，我觉得知道得多，才能绕开坑，你不要忘了我父母已经离异了。"李莉的声音渐渐地小了。

"你不会的，李莉，你真不要多想。"

"我们聊一聊吧，好不好？现在的离婚率真的好高呀。我觉得你是对爱情看得很透，所以才迟迟不结婚的，是这样吗？还是因为你真的没有时间谈恋爱呢？"

"哈哈，好，我就实话实说了。我每天看到的分分合合太多了，都是因为爱情，有的人不能没有爱情，失去了爱情就会丧失理智；有的人反而活得更通透，有爱情也行，没有爱情也行，所谓的活明白了，也就看开了，两性之间除了性，还有爱情，当女人没有了爱情，也就没有了性。有的没有了性，还有亲情。男人是有了性，才会有爱情。每个人的需求不一样，女人和男人的侧重点也不同，女人想说话，男人没有耐心听，觉得墨迹。女人心中暗自不爽。都说女人小气，得罪不起。男人不一定有女人的觉醒力，女人也没有男人的快速判断力，融合在一起就是一个组合，有了爱，组合的团队就会牢固，如果没有爱，敷衍的态度永远会被对方看穿！"

"感谢你的肺腑之言，我慢慢消化你的观点，信息量太大了，两性之间原来细分起来有这么多的说道，今天算是领教了，辛苦你了。有空再聊！"

"我就是敢于说实话，男人好面子，我经常不给男人面子，也是我的短板，也许没有遇到对的人吧！有空再聊！"

36

∨

∨

学习心理学的动力

李莉通过宋菲了解了一些心理学，她觉得心理学可以让她掌握更多她不知道的秘密。

她发微信问宋菲："你当年学心理学的动力是什么？"

宋菲的答复是：我父母开的饭店经常让我去帮忙，员工看我小，动不动就用辞职来威胁我给他们涨工资。

那时他们的工资就是正常的水平，有时顾客也会向我大喊大叫，我年轻、老实、反应慢，经常是他们欺负的对象。

有一个邻居，他经常过来吃饭，年龄50多岁，偶尔会和一个女的一起来，吃完就走，我当时并没有在意。一次吃完饭，他和我聊了一些菜品的事，说他的儿子喜欢吃某一个菜，我们饭店做得特别好吃，他是单位的后勤管理人员，单位的厨师也做不出来这种口味，没有想到我把饭店经营得那么好。我就好奇地问，您就一个儿子吗？那个年轻的女的不是您女儿吗？他听后哈哈大笑说："贱内！"

后来，他把赋闲在家的年轻老婆安置在下面卖菜，为了联络菜源，就和我说让我从他家进菜，因为市场的菜偶尔菜品质量、品种都达不到我的要求，所以我也会从他那里进货，渐渐我和那个女人关系处得很好，她比我大两岁，有时我遇到问题会问问她，她就说："等着，我带您找老犊子。"我以为是另有其人……

进了她家才知道那个"老犊子"就是她老公，我说出的问题，他听完就会有答案，分析得头头是道。

我很好奇，他怎么会有这个本事，那个女人告诉我他精通心理学，他管理很多的员工，有的人年龄比他大很多，都听他的指挥，不能光凭权力，关键的是权威，说话要说到点子上，让人心服口服。

他对我的建议就是不能不化妆，不然，会显得嫩、傻、纯，让人一眼看透，如果化妆能使我成熟，我整个人也会成熟。

后来我变了，也成熟了。

那时我渐渐地懂得，心理学是学会尊重人、理解人、读懂人，知道一个人的所思所想，然后拉近两个人的距离，让彼此更加融洽地交往。

感谢你的倾听！

李莉被宋菲讲的经历吸引住了，她发现心理学可以打开自己的格局和视野。她心里蠢蠢欲动。

37

∨

∨

学着分析问题

　　宋菲自从知道李莉喜欢上心理学，就发给李莉一些自己的观点，等候李莉的看法。

　　"李莉，你觉得一纸婚书会被精神契约淘汰吗？"

　　"宋菲，我真的没有想过，我想听听你的看法。"

　　"我觉得一纸婚书将来不会被取缔。

　　"我认为每一个时代都有每一个时代的进步。

　　"我刚上父母饭店上班时，就听见包房内聊天，大致的意思是，姑娘年轻漂亮，家庭条件好，为了防止夜长梦多，劝他早点结婚，免得被别人撬走了。

"那时我就留意了那个男孩，长得英俊帅气。他家就在饭店附近，后来结婚办喜事也是在我家饭店里操办，生子宴席我也目睹了。

"后来的后来，两人离婚了，那个男孩的父亲到饭店来吃饭，我偶尔问他孙子多大了，老人叹息不语。

"一次，偶然在马路上看到那个男孩开车载着另外一个女人，长相在我看来不如前妻。

"一个时代有一个时代的变迁。

"思想、观念、环境、人脉都在发生着变化。如果不去全面衡量彼此是否性格合适，就会少了踏实感。没娶之前是捧着，娶了之后就变成了附属品，久而久之就变成了"沙发"，它有用没有呢？有用，是家具，是摆设物。可它又没有用，因为不坐，放在那里就是碍事。

"这时，选择一款合适的沙发就显得尤其重要。如何把沙发变成对它有依赖性，沙发才会有更大的作用。有的人就会把沙发改造成电动按摩沙发，发挥放松身心按摩的作用。进了房间就会离不开沙发。这里只是一个比喻。

"人都在不断成长和进步，都在进化自己的思维，观察自己的情绪，此时自己就不会是附属品，而是独立的个体。

"两个人靠一纸婚书维系一生，好像显得像是普通沙发的关系。像电动按摩沙发靠着精神上的吸引作用才会真的舍不得离开。

　　"一纸婚书的婚姻也许就是此时我需要你雪中送炭，你不送炭，我就不高兴。而精神契约的婚姻只是锦上添花，我不需要你有什么，彼此都是独立的个体，我什么也不需要，也能过得很好，我和你在一起只是更开心快乐，彼此在一起可以互相放松！"

　　"宋菲，你想得真是全面，我以前真的没有想过这么多，希望你以后多和我分享交流，让我也快点成长起来。"

　　"没有问题，主要是你别觉得我烦就好。"

　　"不会的！么么哒！"

　　"么么哒！"

38

∨

∨

水的器皿

周五的早上，李莉很早就去了医院，准备好李领导的所有诊断单据，一边陪着李领导聊天，一边盼着医生早点过来会诊。

主任医师认真地听了各个医生的反馈，"回家再继续观察也是可以的。"医生们陆续离开了病房，留下来的一个医生嘱咐着李莉，"带好所有的票据可以办出院手续了！"说完医生快速走出病房。

李莉内心有点小激动，悬着的心终于可以放下了，父亲终于可以出院了。

当她办完手续回来，听见病房内有哭声，一个穿着很普通的女人，一边抹眼泪一边哭着。

原来这个躺在屋内加床上的是她的丈夫，生病了，这不是什么大病，主要是她家里还有一个因脑血栓后遗症而没有生活自理能力的弟弟等她照顾呢。

大家安慰着："那弟妹不管吗？"

"如果管，我就不用上火抹眼泪了。我那个弟弟的媳妇们都跑了，谁愿意照顾一个不会说话的植物人呢！"

有的人更好奇了，通过她说的媳妇们，就能猜到她的弟弟应该有好多的媳妇。"媳妇们？中国一夫一妻制，怎么能有好多呢？你弟弟原来是不是很有钱呀？"

这句话，把女人的伤心史都给引了出来。"别提我弟弟了，年轻时胆大、敢干，承包了一个工厂，效益特别好，后来就开始嫌弃原来的老婆，给了原配一些钱和房子，孩子也不要了，就把婚给离了，尽想着自己幸福快乐生活了。哪曾想他只知道赚钱，没有留心眼，钱全被第二个媳妇骗走了。他就开始后悔，再去找原配，发现人家已经结婚了，这也算是对他的报应吧。后来又娶了一个，生了一个孩子，刚把日子过稳定了，他就病了。那个小媳妇带着钱和孩子走了，谁也不管他了，就只有我这个姐姐照顾他，没有办法。"说完长长地叹了一口气。

"那说明你弟弟在有钱的时候，肯定给你钱了，要不你愿意管他吗？"有一个人突然插进去一句话，打破了沉闷的气氛。

女人的声音突然大了起来："天地良心，我可没有花他一分钱，他大手大脚，能赚能花，都给别人花了，我穷，害怕我们管他借钱都离我远远的。我也知道，富在深山有远亲，穷了没有人愿意搭理，我们也不联系，直到他病了，那个小媳妇才给我打了电话。我弟弟如果早知道现在，何必当初呢！"大家再一次陷入了无语。

"大姐，你也别上火，"李领导的护工说，"我原来侍候过一个病人，还是什么特别大的官，他病了也是没有人照顾，他过往的风光只能代表过去，代替不了未来，现在人多脆弱呀，你呀，保护好自己才能照顾好他们。"

李领导出院了，那个女人的丈夫躺在了李领导的位置上。

在送父亲回家的路上，李莉回想着刚才的一幕，是她在书本上从来没有看到过的真实故事。他们真的走错了路吗？

张强的工作出现了问题，他向上级反映，需要见赵占奎本人，经过和司法机关的沟通，张强见到了赵占奎，隔着玻璃，他说："那个项目不能继续了，原因是钱没有了去向。"

赵占奎低头承认道："是我挪用了公款。"

张强问他："嫂子难道真的不管你了吗？"

赵占奎没有抬头："我对不起她，我把她打伤进了医院。"

张强百般不理解："你的钱到哪里了？"

"全给了悦悦，她说用一个月就还我，没有想到，我进来了，她走了，我找不到她了。"低着头的赵占奎此时就像一个没有脸见人的野鸡，想钻进地里不出来，他当初听信了悦悦的谎言，挪用公款，导致现在锒铛入狱，悔恨当初。

带着遗憾，张强对赵占奎说了一句："保重！"

张强怎么也想不到当初的赵占奎满面红光，每天早早地上班，鼓舞着大家的士气，让单位的效益年年上升。今天的赵占奎戴着手铐，穿着囚衣，一头凌乱的花白头发。

晚上躺在床上，李莉和张强没有说话，背靠背躺着、想着，今天白天听到、看到的事是那么真切，而又让自己无法接受。

39

错　觉

在家休息几天后李领导又回到原来的工作岗位。

虽然还是那些同事，还是原来的职位，但是临时代替他工作的同志见了他就觉得有点别扭！想笑又笑不起来的尴尬，其他同事每次想说话，都先看看他们的脸色，让他内心有了一种错觉，被一种无形的孤立感和陌生感充斥着。

李领导最初上班时，内心是激动的，他认为大家看到他也会激动，他的判断最初是正确的，但是渐渐地他发现原有的和谐气氛，好像因为自己的出院搞得复杂化了，他在内心告诫自己，控制一下表情和言语，要把机会留给年轻人，自己应该把时间用在逝去的爱情里，找一找爱情，如果万一以后自己有病了，就不会只有护工陪伴。

想开了的李领导下班之后不再选择无偿加班，不再说话声音很大，也不再随便发表个人观点，悄无声息地改变着自己。

他和同学电话联系得更加频繁，每一次在挂断电话前都不忘嘱咐一句，有合适的别忘了给介绍！

每一天都有盼头的李领导内心是充实的，他慢慢地喜欢上了健身，喜欢在公园里散步，喜欢看花花草草，喜欢看广场舞……他有一种重新活过来的错觉，就像大学时期他们经常在体育场上参加各种运动项目，那时他不但跑得快，而且是长跑纪录的保持者，年轻时的一幕幕好像就发生在昨天，距离自己很近，很模糊的身影在脑海里跳跃着。

身边骑着儿童自行车的小朋友，上身在左右摇摆，两条腿在用力蹬着，身后的妈妈在追赶着，他再一次想起了亲情，他出院这么久，忘记了感谢女儿和姑爷的照顾，拿起电话拨给了张强，"怎么这么忙呢？一点时间也没有呀？那就算了，但是我还是要感谢你无微不至的照顾，爸爸有空再请你！"

"李莉，你最近哪一天有空，我请你吃饭，什么？你也没有空？哎呀！那我知道了，要多关心张强，他的工作也很忙，照顾好自己，照顾好孩子，照顾好公婆，怎么还嫌弃我唠叨了，我还没有老呢？好了，有空再吃吧！"他恋恋不舍地把电话挂断了。

终于有了自己时间的李领导，反而觉得时间利用不上，浪费了大把的时间。

　　在饭店里吃着驴肉馅的蒸饺，夹着八宝菠菜，李领导慢慢地吃着，他抬眼环望四周，其他的桌子都是几个人一起吃，唯独自己一个人一桌，他心中脱单的想法更加急切了。

40

V

写计划书

周六的晚上，张强和李莉吃过饭后，没有着急睡觉，而是一起商讨着计划。

李莉说："咱们一起想想别落下了，我拿笔记上。"

"老婆，明天旺仔早上 8：30 的美术课。还有上次说的等岳父出院了，赶上假期我们一起去台湾三姨家去度假，不会又泡汤了吧？"

"我也想去呢，咱们好久没有一起出去走走啦，我公司前一阶段接到的大单子马上就要回款了，这笔钱应该足够用了。我记上了。"

"老婆，岳父一个人也很孤单，我们有空买些东西去看看

40 写计划书 > 145

他，这个是一个大事，如果岳父再找一个老伴就更好了。"张强说完看看李莉，他怕李莉多心，这次住院如果有老伴，也不会让自己天天去陪护！但是他的心里真的希望岳父能有一个快乐的晚年生活。他就怕李莉不支持岳父找老伴，心里有点拿不准李莉的想法，就试探地问了问。

叹了一口气的李莉紧接着说："我不反对，就是怕他找来的是占便宜的，不占便宜不高兴，占到便宜就满足，等我爸有病了，人又跑了，我爸出院的那天我就碰到一个，我听完心里特别的不舒服。"

张强也反应过来，附和着说："赵占奎也是被那个小三给骗了，挪用公款的数目不少，现在还在监狱里呢，曾经那个趾高气扬的赵占奎现在狼狈不堪，不忍直视呀！"张强也叹起气来，他真的接受不了赵占奎会为了一个女人去挪用公款。而又把原来完整的家破坏得不堪回首。

"老公，赵占奎进监狱了不会牵连你吧？"

"老婆，千万不要瞎想，和我真的一点关系都没有，如果有关系，我就会被审查。"

"老公，咱家也不指着你赚个金山银山，你做工作开心就好，可千万不能走赵占奎的错误路线呀！"李莉非常紧张地看着张强，在她的印象里，张强的眼神是执着而有神的，也证明了张强的定力和正气。

“老婆，你放心吧，我在你面前给你发个誓，让你心里没有顾虑。”张强举起的右手攥成拳头，看着李莉说：“我张强一定要对得起老婆，对得起父母，不做违法违规的事情，我要让老婆放心，我爱老婆，加个期限就是一辈子。”张强说完，目不转睛地望着李莉。

李莉瞬间热泪盈眶，她心里怕的，张强都说出来了，她立马扑在张强的怀里，小鸟依人般赖着他。

“老婆，咱们还没有写完计划呢，快点起来继续呀！”

李莉慢慢腾腾不情愿直起身子，噘噘嘴，做了一个鬼脸，等着张强继续说。

张强笑了笑继续认真地说着：“我们单位最近事很多，我想尽我最大的能力，在最短的时间内，让单位的效益翻一番。老婆，我希望你支持我的工作，让我把现有的事业做大做强，也不辜负所有人的希望。”

李莉听着张强的话，她内心很感动，她真的感受到张强是一个负责任、有担当的好领导。她觉得此时的自己，眼睛里一定会发光，因为她完全相信张强的魄力和能力。她没有回答，只是看着张强的眼睛傻傻地笑。

“老婆你同意了，那老婆你可要辛苦了！”

"少说废话，好好干事业，给旺仔做一个好榜样，听见没有！"李莉说出的话又冲又硬。

张强懂得，男人就该这个样子，不但自己要顶天立地，而且自己也是孩子的榜样。

"老婆，我暂时就想到这些，你给补充补充吧。"

"我补充的话就是睡觉，我困了，等我想起来了我再记上。"

"老婆，你越来越成熟啦！"

"别说好听的。"

"老太婆，我爱你！"

"大坏蛋！"李莉疯狂地拉着被角，不让张强进被窝。

41

∨
∨

机　会

　　旺仔在教室里上着美术课，张强和李莉坐在长椅上分别翻看着手机。

　　张强翻看着什么样的食品更适合老人，李莉翻看着什么样的性格适合找什么样的伴侣。

　　这时李莉的手机响了，"李总，我昨天和小雨来长春是专门洽谈业务的，昨天对方给我们的价钱很高，你也知道商人看中的是利益，我们就是觉得不划算，小雨今天早上去找小颖约会，下午我们一起再继续和对方洽谈，我刚才想到了你，其实你们也可以生产这个产品，我相信你给我的价钱不会这么高的，我心里想着就给你打电话了，也没有见外，周日也没有考虑你忙不忙，有没有空，我们现在见一面，把产品定一下，下午我心里也就有了底。"钱总连珠炮的话把李莉所有的计划都打乱了，她深深地明白钱总不但是给自己机会，也是为了更长远的利益做铺垫。她没有想到张强的感受，果断的回复道："钱总，您现在在哪里？我方便，我现在过去找您。"

"我在临河街附近，要不我们边吃边聊，你找一个静一点的环境我们见面细谈。"

"那附近有··个牛排馆，我去过几次，环境和口味都很不错，不知道您喜欢不喜欢？"

"时间就是金钱，我们不要浪费时间了，您安排吧！告诉我餐馆的名字就好。"

"MQ'STEAK 牛排馆。"

"好。一会儿见！"

"一会儿见。"

撂下电话的李莉想向张强解释着刚才的内容，张强站起来帮她整理了一下衣领，拉着她的手说："我把你送到楼下，祝你合作成功！"

李莉的大眼睛里泛着模糊的泪花，她的手已经被张强的大手牢牢地紧扣着。她想起了她原来的计划，她对张强解释道："这次你也别提给爸找老伴的事了，等以后我有机会时再和爸爸说吧。你和孩子去，也不用买东西，爸爸一个人也不做饭，吃不了啥，都浪费了。"

张强迅速打开车门，把钥匙插进了锁盘内，他回头催着李莉快点上车，别耽误事，又顺手把车门关上，李莉降下车窗，做着飞吻的动作，张强也回应同样的动作。

钱总今天的语速快了很多，略显得和这个欧式风格的餐馆有点不搭。餐前水果、大盘开胃菜、法式相煎朗德鹅肝……李莉此时被钱总的语速控制着，她的眼里闪过的不是菜，而是一打打的钱。

终于在钱总一番紧迫感的话语摧残下，李莉了解了钱总的思路和意向，自己生产的产品正好符合钱总所有的需求，他们谈妥了。

"李莉，我光顾着说了，都没有看先上的是哪一道菜品，我先吃了，挑我想吃的吃，别笑话我，我可不按套路出牌了。"钱总说完自己都忍不住笑起来。一边吃着牛排，一边还回味着刚才的细节有没有遗漏。抬头看看李莉，"你也吃呀！很好吃的！以往和你合作我很放心，这一次和一个陌生人合作，我感到有点不踏实，我马上就想到了你，果不其然你总是不让我失望呀，看来我们的缘分注定是一辈子的啦！"

"那我还要感谢钱总对我的认可和信任。对了钱总，你上次说你的哥哥和姐姐家还有儿子没有对象，能不能和我说说，如果有合适的女孩，我帮忙介绍一下，看看他们的缘分是不是也很深。"

钱总的表情一下变了，原本舒展的眉头立马变成了紧锁状，叹着气说道："可把我的哥哥和姐姐愁坏了，正常年龄该成家立业了，但是他们的儿子不着急。"

"钱总，我身边真有两个合适的女孩，样貌都很不错，如果你不介意的话，就把两个小伙子的基本情况告诉我。"

"话有点长，姐姐的儿子曾经处过一个对象，后来对方又和别人处了，外甥就很难再相信女孩，最近我听姐姐说他又处了一个对象，心理咨询师，各方面的条件都很不错，但是外甥就是感觉哪里不对劲，我们也帮着分析了，女孩知道得多，工作能力有，自身条件和家境都没得挑，就是双方都不往前迈一步，就在那里彼此吊着，我们都看不下去了，我们觉得心里都有过不去的坎儿。也不知道怎么样才能让他们彼此放开芥蒂，深入了解一下，看看是否真的有缘分，但是年轻人也不听老人的，他们就是按照自己的节奏生活，也把我姐姐折磨坏了，总在家庭群里请教大家的意见。"

"噢，也是的，两个人都很独立，突然间打破了独立的生活方式，把两个人融合在一起，真的需要让两个年轻人适应一段时间。他们走出自己的模式，接纳另一个人的认知模式，都是需要时间和过程，还有精力的。真的不能强求，需要的是引导呀！"

"李总，我发现你在心理学方面还是很有自己的观点的嘛！要不你创造一个机会，让两个人更加深入了解一下彼此，也算是帮我们家一个大忙了。在这里我代表我姐姐先感谢你了。"

"钱总，哪里，我也就是说说，具体的方案我也没有，如果你相信我，可以把你外甥的微信给我，我先和他聊聊。"

"好是好，我得想法和外甥先沟通一下。"

"是呀！太唐突会让人反感，等我想到了办法，我再和你联系！今天有你这个伯乐和贵人让我的事业更上一层楼，我以茶代酒向您表示感谢，具体的行动您就看结果吧！"

"有李总这一番话，真的是给我吃了一颗定心丸呀！合作愉快！"

"合作愉快！"

42

∨

∨

微笑就是快乐

李莉的眼神被某一个点凝聚了，偷偷溜着神。她的大脑在未来的某一个点又停了下来。

"钱总，您听一听，看这个方案如何。您就说，您的一个朋友需要您帮她介绍一个心理咨询师，您以这个理由和您的外甥交流，看看他是否有意愿把女友介绍给我，如果不愿意的话，他肯定是有顾虑，怕给女孩子带来麻烦，但是您可以告诉他，您的朋友也可以通过咨询帮他把把关。钱总您觉得如何呢？"李莉眼巴巴地望着钱总，希望这个建议真的能够帮助两个年轻人敞开心扉，痛快地聊天，打破窘境。

"李总，我觉得可行，现在我就问问他。"

钱总打开微信写道："韩政罡，舅舅有一个朋友要找心理咨询师做咨询，我想到了你女朋友，正好她是心理咨询师，你方便的时候就把女朋友的微信推给我，我再推给她。"

"舅舅，谢谢您的好意，我对宋菲的了解不是特别深入，我更不知道她的实际工作能力如何，万一您的朋友的问题，宋菲解决不了，会不会影响您的信誉呢？"

"舅舅觉得你说的话很有道理，但是我的朋友也不傻，如果咨询的结果不满意，她以后也不会继续再找她，会找另外的心理咨询师。如果她觉得宋菲真的工作能力很强，她也会继续找她咨询的。你看我的想法是不是有点牵强，没有牵强你直接把微信推荐过来就可以了。"

"感谢舅舅的推荐，宋菲的微信我发过去了！"

"我的外甥真的成熟了，遇到事情不会只想着一种答案了。"

"谢谢舅舅的夸奖，我还在打资料，有空我们见面再聊！"

"回见！"

"李总，我外甥把女朋友的微信发过来了，我再发给你，你就费心啦！"

"哪里，能帮上钱总是我的荣幸呀！"

"钱总，这女孩的名字怎么和我的同学重名呢，工作也是相同的，不会这么巧吧！"

"如果真是同一个人也很好呀，了解起来就更不费事啦，所谓知己知彼，百战不殆嘛！"

"钱总说的有道理。"

钱总的电话铃声响起，他指着电话对李莉说道："小雨的电话。"

"好好，那我们就 1：30 在人民广场工人文化宫旁人民银行楼上的餐厅等着老王他们。"

"钱总真是大忙人呀，时间也快到了，我开车送您过去吧！"

钱总很是不好意思地说："可以，但这次的单我买。"

"钱总，那可万万使不得呀。我还指着钱总您帮我引路，让我赚更多的钱呢，我必须要尽到地主之谊。不要和我客气啦，不知道您和小雨晚上有没有空，我应该请你们吃饭的。要不您现在说说晚上想吃啥，我现在就订位置，晚上让小雨把小颖也带过来，晚上时间充裕，我们再一起好好地喝喝酒，叙叙旧。"

"破费，哪有那么多的说道，晚上我和小雨就坐火车回北京了，明天还有别的事情需要处理。下次你有空带着全家去北京，我再招待你们。"

"这次招待不周，请钱总不要怪罪，下次我们在长春挑一个钱总喜欢的特色馆子，慢慢吃，慢慢聊。"

"李总真是一个细心人，什么事情都考虑得特别周全，和你合作真是如鱼得水呀！"

"谢谢钱总的信任，您是我人生中不可多得的贵人呀，这些都是我应该做的。"

聊着聊着就到了餐厅楼下，由于停车不方便，钱总提前下了车，挥挥手，做了一个再见的手势。

43

∨

∨

激　动

李莉送完钱总回到家，看到张强正在陪父母吃饭，孩子在旁边玩。

看见李莉回来，旺仔很生气地瞪着李莉，问道："我画画的时候，你为什么没有等我就走了呢？我和爸爸去姥爷家你也没有去，你真不是一个好妈妈。"

李莉惊慌失措地望着旺仔，张强转身抱住旺仔说："我不是给你解释了吗，妈妈有事去工作了，工作就像你学习一样重要。旺仔别生气了，去抱一下妈妈。"

旺仔从张强的怀里挣脱，自己回房间了。

"李莉，不用理他，他平时也是这样子的，一会就好了，你吃饭没有，坐下来再吃一点。"婆婆起身对李莉说道。

"妈，我吃过了，我坐下陪你们聊一会儿，刚才你们很生气地说活该，自作自受，说的是谁呀？"

"啊？"婆婆有点想不起来了。

"说的是赵占奎，妈刚才吃饭时问我为什么最近那么忙，我说了赵占奎进监狱的事，妈妈说他活该，自作自受。"

张老汉接着说："他们也许感情不在了，不愿意沟通了，自然而然就被那个骗子乘虚而入了。"

李莉坐在他们身边，听着，没有发表任何意见。

"也不全对，我看是男人有钱了，官职上来了，有了利用价值，扑上来的女人就多了，那个赵占奎就失去了判断力，见便宜就上，没有想到把自己给套上了。"婆婆的分析，李莉听着好像也很有道理。

"女人总说废话也不好，有感情时，废话是情感的增滑剂；没有感情了，废话就是男人的眼中钉、肉中刺，巴不得早点离开她，所以呀，女人应该改一改。"张老汉自认为完美地把话给逆转了。

"女人干着家里男人不愿意干的活，女人不发发牢骚，那不是把女人给憋坏了，如果男人挣钱多，不把钱花到外面，把钱用来请保姆，我想女人也不会多说废话的，还是男人没有本事。"婆婆很生气地把话又接了回来。

"如果那个男人有本事，知道今天会在监狱里，他也不会犯当初的错误。"张老汉又把话抢了过去。

张强坐在身边给李莉倒了一杯酒，才想起来，问她："钱总和你谈得如何？我都忘记问了。"

"很好，我们谈妥了，我又接了一个大单子。"李莉两只眼睛立马又放射出光芒。拿起杯子给张强倒了一些酒，举起杯子，说道："加油，越来越好！"

婆婆把多余的碗筷收了下去。

张强和李莉喝完杯中酒，就回房间了。

44

∨

∨

撮　合

李莉和张强躺在床上闲聊起来，李莉问张强，他现在的快乐是什么。

张强看着李莉很认真地回答，家人健康是他最大的快乐。

他反问李莉，李莉好像有点麻木，不知道自己的快乐是什么。每天忙忙碌碌在公司和家庭中穿梭，身不由己地做着各种事情，没有时间来得及思考人生，不知道什么是快乐。

这时钱总把宋菲的微信推了过来，李莉一看，真的是她认识的宋菲，头像和朋友圈的内容一模一样，她不知道是高兴还是难过。

张强问她："为什么看到钱总的微信会有这么大的变化？"

李莉一五一十地和张强讲述着，张强听完，也不知如何是好。面面相觑，张强说："要不你和宋菲聊聊天，看看她觉得什么是快乐的事情。"

于是李莉打通了宋菲的电话，问："宋菲，你忙吗？你认为现在什么事情能让你快乐？"

宋菲用了好久，回复了好多的内容："我小的时候觉得什么都很开心，尤其成绩考得很好的时候。后来发现被人喜欢，我就很开心，一种由内往外的高兴和兴奋。后来有了事业，觉得被人称赞就是很幸福的事情。有了钱可以实现自我价值，出去旅游的时候，觉得特别的开心，心都在飞着。吃到好吃的，就会特别的满足。如果遇到对我好的人，我就会感到幸福。如果自己有了一点点的正确举措，我就会忘记我是谁了。当发现运动能让自己健康，又对运动产生了浓厚的兴趣。后来发现钱的用途越来越大，就开始对钱不离不弃。后来又发现身边很多的东西不再是自己喜欢的了，因为盲目的追求，会让自己很受伤。待在家里时，发现自己好久都没有笑了，但工作能让自己全身都动起来，工作时很认真地回答着咨询者的每一个问题，并帮他们分析问题，投入时很快乐。然而如果遇到对的人，我想说说废话，不用脑子，应该是很放松的事情。所以说快乐和放松是缺一不可的。"

"啊，宋菲你太有才了，你和男朋友之间有这么多的话吗？"

"没有，打不开，放不下的，毕竟刚接触嘛，说多了会让人觉得我话痨，不说呢，都相互不了解，你不觉得我们之间很尴尬吗？"

"宋菲，你都能治愈那么多的咨询者，为什么你们之间的关系自己却不能解决呢？"

"也许我认为他懂我，其实他不懂我，甚至他一点都不了解我。他只看到了我的外表，并不了解我之前的所有的一切，如果是喜欢，只是喜欢一种表面的新鲜感；如果他爱我，就会深入了解我的一切，但是他都没有做这些，他只是做他的事情，我做我的事情，我们之间的关系就是两条平行线，根本没有交点，所以我也不知道何时我们会承受不了、脱离关系。"

"宋菲，你看得这么透，为什么不主动去找他谈呢？"

"他都不把我放在眼里，更何况放在心里了，我为什么要自取其辱呢？"

"我认为你们的关系可以发展得更好，关键是了解，彼此敞开心扉地做自己。"

"现在我们就是做自己，他的工作很忙，我的工作也很忙，没有时间交流，如果真的在一起交流了，又会突然间觉得没有话题，还不如彼此不联系，自己过自己的更好一些。"

"那你想过以后的结局吗？"

"结局就是某一天，我喝多了，我说你陪我说说废话呀，他不干，我就会提出分手，因为真正的爱情就是每天不厌其烦地说些废话，两个人都有工作，哪有那么多的新鲜感存在呢！有新鲜感的人都是有钱人，当他们之间的新鲜感不在了，就会立马换人，因为他们存在的关系就是彼此之间利益的交换，不存在爱情，也不存在亲情的关系，所以很难维系太久，当然这一切都是我的推断。我好象看到了所有的结果，所以我不会很伤心，也不会很强求，一切随缘。"

"宋菲，那你了解他的经历吗？你知道他为什么会变成现在这样吗？"

"李莉，他并不是我的咨询者，我不能强制地把我的想法灌输给他，也不能絮絮叨叨说我的工作内容，所以两个独立的人都很自我也是很正常的事情，只是你没有看到过类似于我们这样的例子，如果接触多了，你就会觉得爱情真的不是一纸婚书。"

"宋菲，如果他愿意和你说他的过去还有未来，你会接纳他吗？"

"这只是一种假设，如果他真的这么做了，我会考虑的，但是他并不是你。"宋菲说完爽朗地笑了笑。

"愿所有的结局都是美好的,你忙吧,我们有空再聊!"

"好的!"

李莉再一次陷入了思考之中!

45

∨

∨

深入虎穴

"宋菲，今天我想问问你男朋友的单位和电话号码。"李莉开门见山地说。

"李莉，怎么了？"

"没有什么，我就是想帮你们找一个算卦的，看看你们之间的缘分深浅！"

"呵呵，好啊！"宋菲毫无保留地告诉了李莉，因为她觉得李莉都是为了她好。

"宋菲，你等着结果……"

"好的！"

李莉按照地址快递过去一盒巧克力，里面有一张精致的贺卡，上面写着：25 日，下午 3 点在某某咖啡馆某某桌见面，你不来就会后悔的。没有任何电话和联系方式，李莉想这个方法虽然唐突，但是她能单独会会那个韩政罡。

25 日，李莉背对着门口的方向坐下了，她怀着忐忑的心情等待着韩政罡的出现，此时她觉得自己就像是地下工作者，来此处接头完成任务，神圣又神秘。

韩政罡准时出现在她的对面坐下，那个高冷的男人依然高冷，穿戴时尚休闲，身材高大魁梧，如果让李莉此时帮宋菲挑韩政罡的外形缺点和瑕疵，那就是太完美了。看上去会觉得就是欧巴男神级别的。

"我不认识你，你找我来有什么事情？"韩政罡冷面又直接，眼睛都不带眨一下的，冷冰冰地注视着她，感觉她再不说话，就要把她吃掉一般。

故作镇静的李莉抬了抬眉毛，又抬了抬手，最终拿起了放在桌子上的柠檬水，慢慢地抿了一口，又放下。

她的整个动作，在韩政罡看来就是做作，但他仍然盯着李莉的每一个动作。

李莉来了一句："你的女朋友宋菲，你对她的印象如何？"

"我有必要和你说她吗？你到底是谁？"韩政罡真的有点按捺不住了，也许这是他的底线了。

李莉事先没有想过会是这种场面，她不知道如果她此时说她是宋菲的朋友兼闺蜜，会不会对宋菲有影响。

"我就是你舅舅的朋友，钱总、钱忠胜的朋友，我就是通过他找到了宋菲。"

"啊！是舅舅的朋友呀！宋菲帮你解决得如何呢？"韩政罡瞬间转换了语气，放慢了语速，不再看着她。

"韩先生喜欢喝点什么？咖啡还是果汁？"李莉的声调回到了往日的音区。

"咖啡就可以！"

李莉按了下桌子上的提醒器。

不一会儿服务人员过来送上了咖啡。

这期间李莉在不停地想着下面她应该怎么做才能达到她的目的，就是让他们的关系更进一步……

"韩政罡，你平时也喜欢喝咖啡吗？"

"还可以，有时工作累了，为了提神，就会选择咖啡。"

"这么巧，宋菲也喜欢。"李莉无意地说。

韩政罡端起咖啡又放下了，"怎么，咨询者和咨询师可以私底下关系那么好？我记得职业规定有一条就是，咨询者和咨询师不能是朋友关系的，哈哈，你不会是在考验我吧？"笑声听起来缓和了气氛，但是李莉知道再继续说下去，就会让自己穿帮，弄不好会起反作用。

她思考片刻，认为实话实说才是最好的解决方法。

"你相信缘分吗？"

"我相信缘分！"

"如果你能把今天我们说的话，当成是人生一种缘分的体验，我就实话实说。"

"呵呵，你好像把问题弄复杂了，你就是我舅舅的朋友，我认为没有什么套路吧，我喜欢听实话。"

李莉觉得韩政罡是一个理性而又有判断力的聪明人。"宋菲是我的闺蜜，但这是你舅舅推给我微信之后我才发现的，我不能在她面前说，我很纠结，纠结的原因是她很喜欢你，又放不下你，因为你高冷，让你们的关系不是那么明朗，你和他的关系不冷不热这是你的初衷吗？"

"原来这么巧，我认为宋菲和你想的不一样，我们都是事业型的，我们彼此都有自己的工作，忙于事业交流少多么正常呀！"

"但是你们之间的联络少，反倒是让我担心很多，今天咱们能不能换一个身份，我是咨询师，你是咨询者，我们坦诚地交流一番。"

"作为舅舅的朋友，我没有必要和你真诚，因为你们是朋友，并不代表我们是朋友。你是宋菲的闺蜜，我反倒觉得你想问我什么，我很是好奇，我尽量答复你，希望你也不要触犯我的底线。"

李莉突然觉得对面的韩政罡并不是和张强一样的性格，而是更刚强些。

46

∨

∨

碰到高手

李莉此时心想，我如果现在回去，停止交流探讨，以后就不会有见面的机会，这样他会不会觉得我这样做就是无中生有。我如果继续表达，从哪里找切入点呢？难道我就这样傻傻地等着，这也不是一个办法。内心的焦虑不安又不能表露出来，李莉认识到这事是她人生道路上的第一次，碰到这样一个"病毒"对手。

李莉向韩政罡笑了笑，指了指洗手间的方向。她在去洗手间的路上，心里有一点希望，那就是韩政罡看出自己的破绽，自己悄无声息地离开。

当她回来的时候，韩政罡依然坐在原处等着她。

真正的高手，就在眼前，胜负就此一搏。

李莉喝了口柠檬水说："宋菲从小的梦想你知道吗？"

同样不紧不慢喝着咖啡的韩政罡，放下杯子，擦了擦嘴角才正视着她，慢慢地说："这个我真的不知道，你今天可以告诉我，她的梦想是什么？"

李莉很放松地说道："她希望自己有事业，有爱人，有孩子，将来那个爱人能把她宠成小孩。"

"她现在自己开着心理咨询室，这也是事业呀。结了婚就是爱人，然后生小孩，多么正常的事情呀，我认为一个男人既然能娶一个女人，那是完全做好了心理准备，是奔着幸福快乐去的，女人是家庭的主角，女人不快乐，家庭还会有幸福吗？所以聪明的男人都会把女人哄得开开心心的！"

"那我怎么感觉不到宋菲和你交往以后，她有多么快乐和幸福呢？"

"那是一种感受，如果我现在让她特别开心，以后娶了她，我就变成另外一个样子，那是对她的不负责任，现在我在该奋斗的年龄里，我选择了安逸，那我们以后的生活，只能是她在负重前行。现在我努力拼搏，把所有的精力都用在事业上，我们在一起了，她能过得更轻松。别人有的，她也可以有，不一定是她自己赚的，我可以给她买，别人的孩子上私立学校，我们的孩子也可以上。男人不光是比女人多长了器官，还要多长本事，能让女人依靠的肩膀要坚硬。"

李莉对眼前的男人有了更高的评价。难怪他经历过的事情，他都能看得很透，我不能让他讨厌我，那样我就会破坏了他们之间的感情。

"宋菲经常夸你，让我有点迫不及待想看看你，替宋菲把把关，今天突然约您，给您添了不少的麻烦，请您谅解！"

"不必客气，宋菲的朋友也是我的朋友，今天的咖啡不错，我想你选择这里，也是奔着咖啡好喝才让我来品尝的，我应该要感谢您的推荐呀！"

李莉突然间觉得高冷的韩政罡一点都不冷，反而高情商的他，每一句话说得都那么的到位，每一句话都是那么的有涵养，礼貌中透露出很高的素养。"那下回我再选个地方，您带着宋菲，我们一起吃个大餐，您意下如何？"

"大餐不免有些浪费，有空您来我家里吧，我的房间不大，但厨房设施很全，做些吃的应该不会有任何问题，我认为家才是更适合聚餐的地方。"

李莉的嘴角慢慢上扬，刚开始紧锁着的眉头现在完全放松下来。"那真是太好了，求之不得呀，那就这么说定了，我就等着赴约了。"李莉愉快地答应着。

"您这么爽快，未见面就是一盒很有品质的巧克力，我也不能太逊色了吧，我还不知道美女的姓氏？"

"哈哈，是我失礼了，本人李莉，木子李，草字头下面是胜利的利。"说完她心里都在偷笑，这次没有失败，原因是对手太强大，给自己留着台阶，让自己慢慢地爬。

韩政罡站起身来，很礼貌地伸出右手，"认识一下，我是韩政罡。"刚碰到他的手，他就立马收回了，很绅士地做了一个请的动作，看着李莉坐下，他才慢慢地坐下。

李莉觉得她和钱总在一起也不曾有过这般拘谨。看来眼前这个人的气势，自己真赶不上了，青出于蓝而胜于蓝。

"那我们就定下月 1 号去我家，我通知宋菲！您意下如何？"

"没有问题，那让您破费了！"

"哪里哪里！"

两个人很快就结束了尴尬的见面，李莉在想着韩政罡会如何把今天的经过讲给宋菲听呢……

47

∨

∨

遗留问题

　　李莉回到单位，邮箱里有一个遗留的问题，她交代给了李小颖。

　　皱着眉头的李小颖发了一条朋友圈：为什么最倒霉的总是我？

　　李莉刚回到位置坐下，喝了口水，看到了李小颖发的朋友圈，她了解李小颖只是心里暂时接受不了，也许她还是没有找到合适的办法。

　　"小颖，删除信息！有什么困难我可以帮你，你心情不好我能为你做什么呢？"远在北京的小雨看到了李小颖的朋友圈，他不希望看到李小颖被困难折磨，想尽办法帮助李小颖。

"我现在就删!"李小颖删完就没有了下话。

玫瑰和咖啡的表情包,从微信里传递过来。

李小颖的情绪慢慢恢复。她想,为什么一遇到解决不了的问题,我的情绪就会变化这么大?其他人也是这样吗?还是我太矫情了?我真是一个长不大的孩子呀……她内心翻滚着无数的答案,好像每一条都击中自己的痛点。

李小颖开始把全部精力用在解决问题上,慢慢地她发现,办法总是比问题要多。

她开心地带着解决方案向李莉办公室走去。

没有想到,李莉最开始的表情就像春天的雾霾,难以散去,后来慢慢紧皱的眉头打开了,"真的很好,小颖。你超出了我的预期,这个事情还是交给你办,我等着你的成功,到时我会有奖励的!"

李小颖觉得成长的代价就是付出。

晚上吃过饭,躺在床上的李莉想把今天的糗事说给张强听,又有点怕张强笑她"婆婆妈妈,多管闲事"。

但是不说出来，憋在心里又会让自己睡不好觉，因为在李莉的心里，这就是一件大事。

李莉慢慢地靠向张强，用食指在张强的胳膊上轻轻地画着小圈圈，张强抖动了一下胳膊，李莉开始转移方向，用手指慢慢地试探着往张强的腋下靠拢，一点点的用力，加快速度。张强被李莉的胡闹弄得看不下去书，停了下来，命令李莉好好的。

"可以好好的，但是我告诉你一件事，你不许笑。"李莉低着头就把她和韩政罡见面的尴尬场面说了一遍。

张强没有笑，也没有批评，只是淡淡地说了一句："你超乎了我的想象，你很有智慧嘛！"

李莉有点诧异，张强的反应是自己没有想到的。

张强安慰着李莉，"你这是做了一件好事，加快了他们感情的复苏。"

李莉真的感觉难以置信，她原本觉得今天好像有点被自己搞砸了，真不知道下面该如何进行下去。

张强说:"你去那天一定要穿得普通一点,因为你是绿叶,把花朵衬托得可爱就算成功啦!"

李莉顺着张强的思绪想着……想着……她觉得这种可能性是很大的。

张强放下书拍着李莉的胳膊,李莉很快像一个小孩一样,乖乖睡着了!

48

∨

∨

赴 约

李莉有点着急，盼着日子快点过去。她仿佛马上就能吃到宋菲和韩政罡的喜糖。

"莉莉，爸爸准备过几天和你张阿姨去青岛旅游。"

"张阿姨？"

"对，就是我的高中同学，前几天的同学聚会上，我们碰见了，彼此感觉都很好，张阿姨要去青岛儿子家看孙子，正好那几天放假，我打算陪她走走，算是旅游了。"

"爸，张阿姨是单身吗？你不会是和她约会散心去了吧？"

"你这个小孩子，把爸爸想成什么样子啦！张阿姨的老伴去世好几年了，她平时都是一个人在家，最近她亲家有事回家了，没有人帮忙照顾孙子，她就想去青岛，但是一个人没有单独外出过，我就说送她去。"李领导说完有点不好意思了，匆忙挂断电话，李莉明白这个电话也就是通知她放假不在长春，也不用她去看他了。

心里明镜似的李莉，突然间有一种豁然开朗的感觉，爸爸不需要自己操心啦！心里不由得生起一股浓浓的喜悦之情。

宋菲给李莉发来微信："韩政罡家在净月某某小区，他通知我们 1 号上午 11 点过去。"

"啊！我记得了！"

李莉接到信息后，心里就像揣着小兔子一样上下乱蹦起来。

到底会不会尴尬呢？

她立马拿起手机向张强汇报：1 号中午去韩政罡家吃饭。

张强回复着：还是那句话，你就是绿叶。

李莉心想，难道是张强怕我吸引韩政罡的注意力吗？

李莉还在想着最坏的结局，如果他们俩分手了也许是自己捣的乱。内心涌出一丝丝的自责。

1号那天，李莉准备了一捧百合，中间插着一束玫瑰。李莉穿着黑色休闲服，把穿着紫色修身长裙的宋菲显得婀娜多姿，眉宇之间流露出明星般的大气从容。

门铃响过很久，韩政罡才跑出来开门，来不及说话，又快速返回厨房。韩政罡家的装修风格是纯欧式古典范儿。大大的餐厅犹如高档酒店的包房，地砖和灯饰的配置设计让整个餐厅金碧辉煌。错层的格局让房子增添了不少情调。

李莉小声地和宋菲说让她去厨房帮帮忙！

扭扭捏捏的宋菲拉开厨房门，很快就被韩政罡给劝了出来。

一场"鸿门宴"就要拉开帷幕了。

笑嘻嘻的韩政罡拉开厨房门，走了出来，穿着蓝色睡衣的他此时就是暖男，就是过去饭馆跑堂的店小二，饼干、水果拼盘、卤肉拼盘、泰式焗龙虾、辣炒飞蟹、黑椒牛扒，各种各样的美食很快就把桌子摆满了。

宋菲有点控制不住想用手去尝，让坐在身边的李莉给制止了。

"你们先吃，趁热吃，还有一道苏泊尔汤就齐了。看你们还有什么想吃的，考验考验我，要不可就没有机会了。"韩政罡的话里带着挑逗的味道，把李莉和宋菲逗得捧腹大笑。

"我们不着急，必须等大厨上桌我们才吃！"

"好，好，好，快了！"

"你怎么会做这么多的菜？"两个美女异口同声地问，把韩政罡给问愣住了，"怎么只能女人做饭呀？男人做饭也可以的，你们没有发现米其林餐厅的大厨都是男人吗？普通饭店的大厨也是男人呀？男人做事专注，做菜也不会水平太差的！"

两个美女此时面面相觑傻笑起来。

"李莉，你今天来就别见外，喜欢什么就多吃一些，吃不了就要带走呀！因为我平时不在家做饭的。"

"真是难得呀，一做饭就做得这么好，如果天天做饭，那你的厨艺是不是就会超过米其林大厨了？"李莉此言一出，把宋菲和韩政罡都给带笑起来。

他们从韩政罡小时候聊到高中，又好奇他上的大学。

好像有点触到韩政罡的底线了，他沉默了一会儿，"我大学留学英国，从小父母经商，没时间照顾我，陪伴我的只有保姆和奶奶，去了国外我一个人生活，就学会了做饭。在一次聚会上认识了一个中国女孩，我们一见钟情，但那个女孩马上就要回国了，我们相约在北京见。我们平时就靠手机联系，每天惦记着彼此，那时我在国外很苦，但有了她的陪伴，我觉得日子不再是酸涩的，反而有了期盼，她非常喜欢吃我做的菜，在她的鼓励下，我开始研究厨艺，就盼着我们再见面时，能给她做一桌子的美食！"

49

∨

∨

假设只有一次机会

韩政罡停了停接着说:"她没有等我,选择了一个北京富二代很快就结婚了。当我知道这个消息时特别痛苦,三天没有吃饭。每个人都有让自己快速成长起来的苦痛经历,经历过了,也就成长了。那种撕心裂肺的痛,你经历过吗?"他望向宋菲。

"我也经历过,对别人好,死心塌地的好,我愿意付出一切,后来发现自己好傻,被人利用了,如果把那种好对一个人感恩的人,也许会有不同的结局吧?如果对一条狗好,它也许都会每天冲我摇摇尾巴,它不会背叛我,不会让我的爱付诸东流。你的感觉也是同样的吗?"宋菲说完看看韩政罡。

"过去事就是过去式,我只能在过去的公式里看到我的不足,当我没有做好准备,我就不会给对方希望,那种痛苦真的让人觉得后怕，有多少人经不起感情的折磨，最后自杀或者把对方也杀了，爱情是神圣的，不能用试探或者玩弄去挑战一个人的底线。"韩政罡说。

也许韩政罡正等待着宋菲的同频态度。

"恋爱和结婚是两码事，结了婚就是责任，恋爱中不认真，结婚了就会鸡飞狗跳、乌烟瘴气。我见过的咨询者比比皆是。我曾听过一个咨询者说她结婚第四天老公没有回家，问他为什么没回家，他说他忘了已经结婚了，回了他妈家。女人和男人一样，一旦缺少了责任感，就会让两者关系变了味，失衡的爱情会走得远吗？"宋菲边说边叹着气。

李莉插了一句："爱情真是一门学问，我认为只有人品好的人才配有爱情，没有人品的人就是在侮辱爱情。"

宋菲和韩政罡不约而同地被李莉的话吸引住了，她说起了赵占奎的故事。

……

韩政罡认为赵占奎不是一个完整的人，并不知道自己想要什么样的人生。人生无非是古语说的老婆孩子热炕头。然后照顾好老人，管教好孩子，有一份自己喜欢的事业足矣。

"你很有家庭责任感嘛！"李莉总结着。

"我也是通过身边的人发生的事自己想到的。咱们多吃点菜，不要被人生折磨得把这么好的菜肴给耽误了！"

哈哈哈哈哈哈！

"那你讲讲你觉得你父母那一代做得到位吗？"李莉想了解一下韩政罡的原生家庭的状况，希望他能从中自己看出问题。

"我父母文化水平不高，他们是很负责任的父母，最起码没有离婚，没有不管我，在我需要出国深造的时候，他们倾注所有为我创造条件，让我去看世界，这并不是所有父母都能做到的，我必须要感谢我父母。但是从孩子教育问题来看，他们没有陪伴我成长，让我成为留守儿童，也可以叫有问题的孩子，不会与人正常地沟通和交流，也许那时别人都有父母，每天都被满满的爱包围着，我却懦懦地把心里话都压了下来，自己的痛苦都要用拳头解决。"

"哈哈，你还有暴力倾向呀？"李莉马上追问道。

"哈哈，你想错了，那是沙袋，我每天只能把委屈和痛苦用打沙袋来发泄出去，我是不会动手欺负女生的。"韩政罡看了看宋菲，用眼神向她解释自己的行为就是为了发泄。

"怪不得你的身体那么结实！"李莉说完有点不好意思了，

赶紧把眼睛移到菜的方向，举起酒杯说："感谢韩先生的盛情邀请，你的人品比菜品更好，我领会到了！"

"哪里哪里！就是不停地努力学习。"韩政罡也把酒杯举了起来。

"敢于说实话就是好人，敢于和昨天的自己比较那就是超人。"宋菲也举起了酒杯。

3个酒杯碰在一起，酒杯中撞出来的酒花就像心中的激情一下释放出来。

3个人的脸在灯光映衬下显得格外的光亮粉嫩。

"如果给我一个支点我想把地球撬起来。"李莉真的好像有点醉了。

"如果给我一次婚姻，我希望那是一辈子。"在李莉的带动下宋菲也说出了心里的想法。

"珍惜我的人，我会把她视为公主，对她好一辈子。"韩政罡的眼睛又开始望向他的公主那边。

"王子，我就是公主。"宋菲很快就把心底的秘密说了出来。

50

∨

∨

以梦为马，不负韶华

在韩政罡的指引下，大家互相用公用筷夹着自己喜欢的菜给对方夹去。

最后发现宋菲盘子中的菜最多。

结果就是要求从宋菲开始说梦想。

宋菲的梦想是和另一半去环游世界。

李莉也想去旅游，她的梦想就是全家一起去台湾看三姨。

韩政罡的梦想太有超前意识了，给两个美女听乐了。

韩政罡想自己的公司在未来几年能上市，要生三个孩子，最好两个女孩，一个男孩。将来男孩继承父业，两个女孩辅佐男孩，充当他的左膀右臂，还要告诉他们注重培养下一代的教育和兴趣，还要有创新精神……

"那你快点娶宋菲呀？"李莉说。

"我嘴笨，也不会说，只能用实际行动证明我很有潜力，我每天的精力都在工作上了。"韩政罡再次望向宋菲，宋菲也在望着他。

"我好久没有吃喜糖了，快点吧！"李莉说。

宋菲害羞了，眼神开始四处躲闪。

韩政罡微笑着注视宋菲，此时满脸通红的宋菲想逃去洗手间。

韩政罡带她去了二楼的洗手间，上楼时，他原本是想挽扶着宋菲的胳膊，宋菲被他的动作吓得往后退，险些摔下楼梯，韩政罡急忙抱住了她，这牢牢的一抱，宋菲的身体和韩政罡上身稳稳地结合成了"人"字。宋菲想挣脱出来，但用力和反作用力恰好把嘴撞在韩政罡的嘴上，四目突然间形成了最近的距离。

李莉看到后，马上拿起手机拍下这个瞬间。

李莉不知道用什么借口可以让自己快速离开，不知道宋菲会不会觉得自己不够朋友，但是她觉得自己在这里此时就是最大的障碍物，就像自己当初想的一样，她就是捣乱者。

李莉发现鞋架上有一支笔还有纸，写完留言，悄悄溜走了。

当韩政罡和宋菲下楼后，看到李莉留言：来电话，急，回去啦！

看着这张纸条，两个人笑了，又继续开怀畅饮起来。

51

∨

∨

需要时间来检验

"菲菲，你没有发现你对我始终没有称呼吗？我知道我做得不够好，你对我会有一些不理解，这都很正常，我就是想让时间来证明你对我的认识。"韩政罡说完抿了一口酒。

"那首先我应该称呼你什么呢？你说的时间指的是什么呢？恕我直言，我不懂男生所谓的高冷。"宋菲说完也端起酒杯一饮而尽。有点借助酒劲挑衅韩政罡的意思。她漫不经心地看着菜，等待他高冷的回复。

"你可以叫我韩总，我想你不一定能适应。这并不是我的大男子主义在作祟，而是我要用一定的高度把自己束缚住，我不光在工作中要对员工负责，我也要对你负责。未来的生活中有许多的事情无法预知，但是提高经济收入，是一个男人必须要做到的，就是所谓的养家能力，也是未来孩子的榜样。有时我也矛盾，搬起了砖头就顾不上感情；而感情有了，却没有了事业，这样的男人算是成功吗？未来别人生完孩子可以去月子中心，你却要自己独自待在家里，那时你会觉得我无能还是会觉得我没有责任感呢？"几句话说完，韩政罡停了下来。

"我真的没有想过那么多，我只是有点生气，为什么你对我那么冷淡，难道以后的生活都要在没有话语中度过吗？还是你在重塑自我的灵魂呢？"

听着有点尖酸刻薄，但是韩政罡真没有想到宋菲会有这么多的想法。

他沉默了一会儿，"那出于职业的尊重，你认为我接下来应该怎么做呢？"

"这并不是我要求你怎么做，我觉得爱情应该是发自内心的，你心里有我，你就会主动联系我，你如果认为我是一个附属品，没有价值，就会像一件衣服一样，穿过了就不会再喜欢了，因为你喜欢的只是衣服的样子和牌子，并不会研究牌子的来由……"宋菲说完很是痛快，也算是自己职业生涯最痛快的一次倾诉了，很多咨询者只知道自己能解决问题，能看到问题，并没有关注于她内心真实的感受。

"你说的这些我真的没有想过，可以准确地说我确实把全部精力用在了事业上，没有考虑你需要什么，并不是我把你当衣服，不尊重你，而是我想让我们的未来更有经济基础。"

"我认为生活里没有钱是万万不能的，但是钱也不是万能的，就像一个人如果能单枪匹马闯世界，他会觉得别人都是麻烦，如果这时候有一个人出现，帮助他把世界改造的时间缩短还有完善度更加到位，我想他会觉得生活中这样的人早出现就更好了，这就是我的价值！"

"国外的人都很在乎价值。"

"你看到的我，价值就是想花钱，并没有融入你的生活之中，假设不是我，换成其他女人，时间久了，她也会很纠结这样的感情是继续还是放弃，你的生活里并没有我的位置和存在的意义，也许你会觉得我只是孩子的妈妈，三个孩子的妈妈，并不是人生每一个重要阶段我都要陪你走过的人。"

"听你的分析，确实我做得不够好，并没有想这么多，想到的答案只是未来，并没有关注你现在的感受。"韩政罡端起了酒杯注视着宋菲。

"韩总，看来我的话你真的用心在听，感谢你对我的尊重。"宋菲举起酒杯轻轻用杯口撞在韩政罡杯子的底部。一饮而尽。

"别光喝酒，菲菲，你多吃点菜，要不胃里会难受。"

"我真的吃不下了。这一桌子菜让我看到了你的诚意还有你的用心，真的吃不动了，我觉得好浪费呀！"

韩政罡想了想，"一会儿我们出去走走。我有一个建议，把这些菜用食品袋装好，送给吃不上饭的人，他们更需要这些。"

"你真是我的男神，太有爱心啦！"

韩政罡拿来食品袋放在桌上，宋菲和韩政罡开始打包，最后放在一起用一个大口袋包上。

韩政罡收拾桌子，宋菲洗碗，最后拿起打包好的菜品出门了……

52

∨

∨

保护弱者

宋菲提议坐轻轨，原因是酒后驾车违法。韩政罡有点面带羞涩地附和着：从来没有坐过轻轨。一路都要靠你带路了，我们去火车站。

到楼下后，韩政罡就向宋菲描述那天他见到的……

那天我从北京坐动车回来，在出站口，没走多远，本来人就多，熙熙攘攘的。但是突然间发现人流不动了，前面的人都驻足观看。

宋菲睁大眼睛看着韩政罡："韩总，他们在看什么呢？"

韩政罡抿嘴一笑，看着宋菲可爱的样子，顺势把宋菲的胳膊挎到自己的胳膊上。

宋菲被他突如其来的动作弄得有点不好意思，脸瞬间红得像煮熟了的小龙虾。

韩政罡继续说着，此时他的话很温柔，不像是在讲故事，而是在讲经验，"两个乞讨为生的人打了起来，应该就是为了钱吧！以前我没有关注过，只看过报道说有的人习惯了别人的给予，自己也不愿意付出，每天就靠别人的施舍过活"。

宋菲也点着头，表示同意他的观点。

"那天出了车站，车还没有到，我就在路边等着。旁边有一个女孩跪在地上，不说话，面前放着一个书包，里面有点钱，旁边还有一张纸写着她的经历，她的父母重男轻女，就想要生男孩，她是家里的第三个女孩，刚生下就送给了亲戚，后来亲戚生了孩子又把她送了回来，父母认为她就是来克他们的，趁着外人不知道，就把她锁在了菜窖里，偶尔给她送吃的，也不让两个姐姐接近她。女孩每天盼着能出去，有一次她发现爸爸取菜后菜窖的口没有关严，她就爬了出来，这时她发现自己已经不会走路了，被一个好心人送去了福利院，她始终没有说出自己的身世，她在菜窖里的时候每天都在想着逃出去，如果被父母抓回来会不会就没有命了，父母肯定会认为她是来搞臭他们名声的败类。她到福利院后每天都哭，因为腿已经失去了知觉，福利院就送她去了医院，腿就被截肢了。这次她偷偷从福利院溜出来，就想看看她的父母情况，因为没有钱，就想乞讨点路费。"

宋菲听着听着觉得浑身发冷，靠近韩政罡的距离又近了一些。

"我给了她 500 元，希望能帮助她。"

"我们今天就是去看她到底在不在？如果是骗子她会继续守株待兔，如果是真的她就不在了？"宋菲分析着。

"不管在不在，她都是一个弱势群体，我希望这样的群体以后不存在。"韩政罡说完叹了一口气，"人这一生真的不容易，活好了能帮助别人，活不好就是身边人的包袱"。

轻轨检票口排着长长的队伍，拿着打包袋的韩政罡在后面保护着宋菲不被别人挤，张开双手的架势就像老鹰抓小鸡，宋菲时不时地回头朝他做个鬼脸。

韩政罡看着过去的每个人的流程，笑着冲宋菲比了一个"OK"的手势。他内心深处有点嘲笑自己，虽然没在长春坐过轻轨，但是在国外和其他的城市已经坐过了无数次，示弱后的他，让宋菲燃起了保护欲。

宋菲开始主动拉着他的手，距离时而近时而远，让他心底涌出一股喝过浓咖啡的暖意。

53

∨

∨

环境改变人的心境

他们在火车站找了两圈都没有发现那个女孩的身影。

"女孩应该已经回家了。"韩政罡的最后一句话说得很轻快,语速很快!说完话的韩政罡也轻松了不少。宋菲看着面前的韩政罡,不由得钦佩起他的高尚品德。

每一个乞讨者都拿到了韩政罡发的美食,他们又灰又脏的脸上荡漾起感谢的笑容。

回去的路上,韩政罡提意去牡丹园转一转。

短短的车程里,宋菲偷偷笑了,她在心里一遍遍地称呼"韩总"这个名字,说明内心已经开始接受这个高冷的男人了。

看着路边的花花草草，韩政罡突然间想起来，"你今天下午没事吧？我不能占用你宝贵的时间。"

"你约我的时候，我就把今天全部时间留给了你！"

韩政罡借着酒劲儿的余温，"那你的童年是什么样的呢？"

"我也是遭父母嫌弃的孩子，我和姥姥生活在一起，姥爷去世得早，姥姥身体不好，爸爸妈妈就给我们雇了一个保姆，他们每天就在饭店里工作。我和姥姥好长时间都看不到他们，我印象里我家的保姆换了好多，有的炒菜不好吃，有的干活耍滑，有的总请假，有的总是告状，向我姥姥告状……面对保姆我有太多的辛酸泪了。"

韩政罡补充道："保姆这个活真的是凭良心呀！善良的能把活用心地干到让你泪流满面，奸诈的能把活干到让你恶心她的人品。"

"有的当面说一套，做又是另外一套，她还处处以为自己委屈了自己。"宋菲认为自己看到了人性恶的一面。

"我是发现了，说话慢、稳的人，办事比较靠谱。"韩政罡总结着。

"但是他们往往抑制了自己真实的想法，他们中有很多人都有抑郁的情绪和倾向。他们在生活中很难碰到同频的人，不理解变成了主旋律，他们的世界有时很悲观，有时很乐观。属于双重性格的人。"宋菲以她职业的角度做着判断。

韩政罡问道："你没有发现那一类人事业成功率很高吗？他们看到的问题往往是其他人看不到的东西。"

"韩总，是呀！很可怕，就像玄学大师一样，他们看到了很多常人意识不到的问题。"

"你终于能做到言不由衷地喊我韩总了，我很高兴呀！发自内心的感动！感谢你对我的认可。"

不敢抬头的宋菲恨不得马上找一个地缝钻进去。

"我们一会儿去看电影吧！影院里有什么电影，我们就看什么电影。"韩政罡很快就把话题扯到了电影上。

"电影我看得少，因为工作中每一天的故事我想应该比电影还要狗血。以后我就和你讲讲我的故事。"宋菲说完感觉自己跑题了，怎么能从电影扯到工作上了呢！马上又不好意思地说，"那电影院，我们去哪一个呀？"

韩政罡想了想说："看完电影再看看二人转，这个主意怎么样呢？"

"二人转？是那种粗话连篇的吗？"

韩政罡赶忙解释道："过去我也认为二人转里粗话连篇，后来和客户看了一次才发现不是那样的，你看了就会上瘾的，我有这种感觉。"

"韩总，我们现在去呀！"宋菲有点急不可耐了。

电影、二人转看完了，好像还有点意犹未尽的感觉。

滚石的震耳欲聋声又把他们吸引了过去。

"美女，给我们找一个位置。"

服务员很有礼貌地问道："先生，你们选什么套餐？套餐决定你们的位置。"

"捷克丹尼套餐，再来两瓶可乐。"顺手就拿出手机配合着服务员把账结了。

"韩总，你经常来这里吗？"宋菲说着。

"你说啥，我听不见。"韩政罡大声地喊着，又指了指身边的人和音乐声。

脸上笑开花的宋菲才意识到，在这样嘈杂的环境里，不是聋人也变成了聋人。

随着台上主持人的带动，酒瓶砸桌子的响声在现场此起彼伏。

宋菲想，这些人就是活在当下，纸醉金迷、灯红酒绿、醉生梦死……她想着想着，觉得自己再想下去就浪费了韩政罡的一番心意了。

54

∨

∨

接老公下班

张老汉和老伴已经把饭菜摆在桌子上了，李莉却有点吃不下去，好像是哪里不对劲。

"妈，这两天吃晚饭我就没有看到张强，莫非今晚他又不回来吃饭了？"李莉端着水杯正要喝水。

摆筷子的婆婆突然间停了下来，"他好像说连续开几天的会……我也记不清楚了，要不我再问问你爸。"

"老头子，儿子说开几天的会？"

张老汉拍着后脑勺说："瞧我的记性，我都没有往心里记。"

旺仔在旁边拉着李莉的衣襟说:"我说要吃排骨,我都说了好几次,奶奶的记性就是不好,总也不给我做。"说完,在李莉的安抚下,他们坐在餐桌边准备吃晚饭。

李莉看到碗里的饭盛得有些多,走到厨房把饭拨回饭锅里一部分。

旺仔看着妈妈碗里饭少了,就迅速把自己的碗和妈妈的碗换了一下。

导致李莉再次返回厨房去拨饭。

婆婆说旺仔,"不好好吃饭,将来个子就会矮。"

"妈妈吃的也少,她的个子比我还高呢!"旺仔很不服气地反抗着。

"吃饭时不能说话。"张老汉把尴尬的老伴从生气中给拉了回来。

吃过饭,李莉要出门,穿鞋的功夫,旺仔就抱住了她,"妈妈,我也要和你一起去。"

李莉无奈,让旺仔回屋换衣服。

到了楼下,李莉带旺仔来到水果超市。

"来5斤大樱桃，5斤牛奶草莓，5斤美国大提子，5斤枇杷。"她心里想着人多，就要挑个头小的。

李莉结完账问服务员，"能帮我送到马路边吗？"

"可以的。"一个年轻的小伙子很麻利地左右各拿了两兜往门外走。

李莉拉着旺仔紧随其后。

李莉把水果放在身边的座位上。坐着出租车去了张强的单位。

保安认识李莉，在李莉的招呼下，保安跑过来，帮忙把水果从车上拿了下来。

李莉客气地问着："张强最近很忙？"

"是呀！"保安刚要说什么，又觉得不妥，就把话咽了回去。

李莉指指水果，让保安每一样拿一点。

保安刚开始不收，后来架不住李莉的实心实意，就各样拿了几个。锁上大门，手里拎着水果在前面给李莉和旺仔带路。

旺仔第一次来爸爸的单位，看着四周的环境，他四处寻找，他想也许爸爸藏在哪里，等着自己来找他。

办公楼里的保安，距离很远就跑了过来，很配合地做了一个接力，示意大门的保安快点回去。

李莉看着他们默契的配合，就能想到张强的管理能力很强。

李莉又让这个保安留下一些水果，几经劝让，保安终于拿了一点点放在桌子上，又指指楼上，李莉打着手势让旺仔不要说话，眨眨眼的旺仔心领神会起来。

保安指指张强的办公室，他把水果放在桌子上，准备转身离开。

李莉问他，"会议室在哪里？"

保安指指楼道一端紧闭着的大门，零星的几个镂空把里面的灯光折射出来。

李莉想了想，果断地把水果一袋袋地拿到水池边洗净，又一袋袋地摆放在会议室门口。后来索性拿了一把椅子坐在会议室的门口，为了不让旺仔影响会议的正常召开，她把旺仔留在了张强的办公室，用手机给旺仔放动画片，旺仔高兴地看起来。

李莉临过去时嘱咐旺仔："妈妈和爸爸一会儿就一起过来，带宝宝去吃排骨，你不能出门打扰爸爸的会议。"似懂非懂的旺仔看着动画片，一个劲儿地点头答应。

大概过了10分钟左右，张强第一个走出会议室的大门，他很惊讶李莉的到来。

李莉没有等张强说话就低头去拿水果，张强拿了水果转身让大家先别走。

随着一阵"啊——"，整个会议室里变得嘈杂起来。有的人说饿，有的人说还有没有完，有的人说家里还有老人等着吃饭呢，有的人说老公都有了意见……

张强放下水果大声地说："大家先吃点水果，然后再下班。"

"这么好呢，领导！"笑声把之前会议室的嘈杂声给颠覆了。

张强拉着李莉的手向办公室走去。

他发现儿子趴在沙发上，快速地跑过去，左亲亲，右亲亲。

"爸爸，我们啥时候去吃排骨呀？"

"你不说我都忘记吃饭这回事了！"张强努力睁睁眼，调整一下自己的精神状态。

然后关了灯，吓唬旺仔："再不走，就把旺仔留在单位了！"

旺仔急得要哭，拽着妈妈的衣襟不放手。

关好灯，锁好门，张强顺势把旺仔抱在怀里。李莉看着挤眉弄眼的旺仔就想笑，刚刚还要哭，这会就笑了起来，将来不会是演员吧！

李莉开着车来到文化广场附近的停车场，指指王记酱骨头，问张强，"你喜欢吃不？"

"不挑了，都啥时间了，饿透了！"张强抱着旺仔在前面带路。

李莉指着菜谱中的脊骨，让服务员快点下单。服务员有点尴尬地问她，"只点一个菜吗？"

"家常凉菜、老汤干豆腐、血肠炖酸菜……"李莉很快地说。

但被张强给制止住了，"要三个菜就可以，太晚了，吃不了那么多，晚上吃多了对身体不好。"

"那脊骨就来小份的吧！"李莉忙改变着想法。她示意服务员这些菜够了。

听着没有排骨，旺仔有点不高兴了，"我要吃排骨，为什么不点呢？坏妈妈，说话不算数的妈妈。"李莉看着他说了一句，"就会撒着娇，卖着萌！哪个老师会喜欢你！"

很不服气的旺仔说："好多的小女孩喜欢我了，有的还偷偷地亲我的脸呢！"说完骄傲地一翻眼。

在哈哈的笑声中，脊骨、老汤干豆腐、家常凉菜上来了。

旺仔问张强，"这也是排骨呀？我喜欢吃！"

李莉夹了一块骨头往张强的盘中一放，旺仔就不高兴了，舒展的笑脸立马变成了皱巴巴的苦瓜样。

"来，先给儿子吃，儿子饿了！"张强把盘子换了一下。

旺仔没有了动静。

李莉又要夹菜给张强，被张强制止住了，"自己动手丰衣足食，以后我老了，手脚不好使了，你再给我夹不迟！"

李莉说旺仔吃饭时没有规矩，不分大小，应该先给爸爸吃。

很快，一盘脊骨就被消灭掉了。

李莉突然想起来自己和旺仔晚上吃过饭了。

张强真的是饿了，只顾着埋头吃饭……

55

∨

∨

晕血症

走出餐馆，看着路边的饭店，旺仔指指那个饭店，"妈妈，下回我们去吃那家，好不好？"

小家伙把李莉和张强都逗乐了，"好的，下回吃那家，但是你也要做出成绩我们才能交换的呀？你想想我们交换什么呢？"李莉怕把旺仔的馋瘾给勾起来，制止不住，于是有了交换的方法，旺仔以后就不会随意提条件了。

"我画画时不东张西望，牢牢坐稳板凳好不好呢？"旺仔费了好久才想到，每次妈妈都提醒自己要注意听课。何不用这个作为交换条件？

"太棒了！亲亲我的宝贝！"李莉高兴地蹲下身子在旺仔粉嫩的小脸上"叭叭叭"连亲了三下。

骄傲的旺仔在前面甩着胳膊，扭着屁股，撅着撅着就把两个大人给落下了。

停车场距离文化广场只有一墙之隔。

李莉提意去文化广场走走，张强觉得开会太累了，就想躺在床上，不想动弹，旺仔这时也参与进来，他想去看看文化广场是什么样子的。

李莉强拉着张强的胳膊，说道："吃完饭需要运动的，不能不动弹。一会儿就回家了，我们不走远的。"

张强也觉得自己每天沉浸在紧张的工作氛围中，心里不免有些压抑，透透气，觉得眼睛也亮了不少，心中堆积的工作琐事好像瞬间蒸发掉了一般。

张强看着路边卖风筝的商贩，"蝴蝶的多少钱？蜈蚣的多少钱？……"

"绳子长短不一样，价钱也不一样，大小不一样，价钱也不一样，蝴蝶……"卖风筝的大爷慢慢悠悠地介绍着。

"爸爸，我不想放风筝，我喜欢熊大。"

张强顺着旺仔的手望去，远处有一个卖气球的女孩子，女孩子的头发上戴着一个亮闪闪的发卡，在月夜里显得格外引人注目。"小朋友，你喜欢哪一个图案的气球呀？"女孩子低着头，笑眯眯地看着旺仔。

"姐姐，我喜欢熊大。"旺仔用手使劲比画着熊大，女孩子在气球当中努力寻找着，急得旺仔踮起了脚尖，一蹿一蹿伸手想够。

李莉快速扫码支付。

看着手里的熊大气球，旺仔高兴极了，蹦得有点太张扬了，一不小心，手没有抓紧线，气球随着清风上了天。

一家人眼巴巴望着熊大飞高了。

旺仔开始哭起来，李莉蹲下来问旺仔，"你为什么哭呀？气球是你弄飞的，不要哭了，记住下回手一定要攥紧气球的线。"

"我就喜欢熊大！"旺仔又跑到女孩子的气球前找熊大。

女孩子很遗憾地告诉旺仔，"姐姐的气球一个样子只有一个，下回你再来买吧，我给你留一个熊大，好不好？"

抹着眼泪的旺仔就是不肯离去，不管爸爸妈妈怎么劝，他还是执拗地看着气球。

张强蹲下身子问旺仔，"儿子，你告诉爸爸你还喜欢哪一个气球。"

"喜羊羊也可以的！"旺仔扭捏地央求着爸爸。

李莉用手机快速付款。

看着手里的喜羊羊，旺仔这一次牢牢地抓住了线。

心满意足的旺仔同意回家了。

李莉开着车到了楼下，刚要把车停稳，就听见一声很大的、沉闷的响声。那声音好像数十个西瓜从天而降，把他们吓了一跳。

此时楼上听到声响的居民也趴着窗户向下看着，寻找着……

李莉快速走下车，想着是不是车胎碰到了花池子的边缘，难道车胎爆了？

抱着孩子的张强也是这么想的，从另一方下来寻找着。

张强看到车尾大概 30 米处，有一个黑色的物体，摆放在路的中央。

这时楼上眼尖的人也发现了黑色的物体，有的居民走出家门，寻找大大的沉闷的响声来源。

"人一定是死了！都淌了好多的血。"有一个胆大的男居民走近了黑色物体，夸张地喊着。

一边站着的李莉吓得浑身发抖，她似乎闻到了腥腥的味道，她感到自己的腿发麻，脑袋嗡嗡的，身子有点下沉，扶着车尾部的手，也慢慢地没有了支撑力，沉重的身体慢慢接近了地面，她什么也看不到，她只记得旺仔就在身边，张强也在身边，她努力地想喊张强，但是声音已经被喉咙严实地封住了，一点力气也没有，好像自己飘上了云彩，很轻很轻，眼睛不论如何努力也睁不开了。

张强拨打完 120，又拨打 110。

他随后开始找李莉，发现李莉已经倒在了地上。他放下旺仔，使劲摇晃着李莉。

周围人围成两群，一群是围观从楼上跳下去的人的，一群是围观李莉晕倒的。

在李莉身边，有人指挥着张强，"人中，有没有水给她喝一点。她一定是晕血，没事的，一会儿就好了。"

李莉慢慢恢复了意识，她睁开眼之前，听到旺仔不停哭喊着"妈妈，妈妈，妈妈"，也听到了张强一声声地喊着"老婆，老婆"。

李莉嘱咐张强锁好车，检查车窗玻璃。

在张强和旺仔的搀扶下，他们绕过密密麻麻的围观群众上楼了。

睡觉前，婆婆给李莉拿了杯热好的牛奶，李莉发现有些甜。张强给她脱衣服时，她感觉到浑身都在颤抖。

李莉突然间想吐，张强想扶着她去洗手间。可是已经来不及了，李莉吐了一地，婆婆和张强收拾了多久，李莉完全不知道了，她只记得她随着云彩不停地飘呀飘。她看到了那个男人，问他，你为什么想不开，自寻短见呢？

男人不语，李莉很紧张，退了退，她的腿抽筋了，她疯狂地蹬着被子，眼泪也流了很多。

婆婆敲着门，喊张强，"李莉吓住了！你打开灯，拍拍李莉，和她说几句话就好了。"

懵懵的张强按照妈妈的指示做着。

第二天早上，李莉醒来很正常。

56

V

V

欲让其灭亡，先让其疯狂

　　婆婆做的早餐香味浓郁，张强一家三口围坐桌边吃着，婆婆在边上碎碎念地说：她早上去了早市，回来在楼底下看到了楼上的房东。昨天晚上房东就被派出所叫去配合破案。今天早上又过来看了看，一会儿死者家属过来收拾物品。

　　张强问："房东当初也不会想到是这个结果，只能认倒霉了！"

　　"可不是咋的，房东愁得一夜未眠，可比以前衰老多了，谁家摊上这样的事都够上火的。"婆婆补充道。

　　"老太婆，你知道那人因为啥跳楼不？"张老汉从房间出来看着老伴。

"就是穿着黑衣服，流了好多的血。"旺仔抢着回答。

大家齐刷刷望向旺仔，旺仔说完继续吃着他的饭，好像并没有因为此事受到影响。大家内心刚刚有一种过山车的紧张感，现在竟然释然了。

张强和婆婆又同时把目光投向了李莉，李莉愣了一下，笑了笑。李莉从旺仔的淡然，到发现他们在看自己，她就告诉自己：我是孩子的妈妈，我要坚强，控制恐惧将是自己必须要解决的一个大课题。

张强和李莉拉着旺仔的手出门了，旺仔边走边讲着昨天老师留的作业，并说要对妈妈说一句话。

"宝宝，对妈妈有什么要说的吗？"李莉趁热打铁追问道。

"哎呀，不要问了，不就是我要吃排骨吗？"旺仔很不耐烦地回答，因为已经吃完了排骨，心中不再领情了。

"看来是爸爸借儿子的光了！"张强的话语中洋溢着幸福。

"爸爸昨天借光吃排骨，那你有空带我去旁边饭店吃饭，要不我就不认真听课了！"旺仔说完咯咯地笑起来。

楼下一辆面包车开着门，几个人正商量着，一个男人说："手机里的地址就是这儿，不会错的。我们上去吧，留舅老爷看着车。"

小区的大爷大妈们看着车牌号是外地的，也凑了过来。

"是不是昨天出事的家属呀？昨晚小区物业已经派人把血迹用水枪冲洗干净了，就是那个地方。"大爷用手指给那个人看。

那个人没有说话，看了一眼，准备上车。

大家就围着他，问这问那，问得多了，慢慢就把他封闭的苦闷倒了出来。

"他家拆迁了，原本是好事，因为他们家人勤快，地多，分的房子和钱也多。我们当初都很羡慕他们家，后来他学会了赌博，好吃好喝，好玩好逛，也不知道在哪里和一个女的勾搭上了，就开始看着老婆和孩子不顺眼，抬手就打，抬脚就踹，惹得左邻右舍都不得安生，后来他离了婚，孩子的抚养权也没有要，把房子都卖了，去了哪里大家也不知道，电话换号了，有人曾经在长春看到过他，觉得他混得人模狗样的，看见熟人也不搭理，就像没有看见似的。如果真混得好也行。昨晚我接到电话，说他跳楼了，好像是欠别人好多钱，还不上了。"他叹了一口气，擦擦眼角流出的泪水，一个箭步上了车关上车门。

直到有人敲车窗他才把车门打开，大家也不好意思再追问了，都散开了，就像刚才什么也没有发生一样。

张强拉拉李莉的手，埋怨道："快迟到了，还不走！"

李莉好像觉得自己想起了什么，但是怎么也想不起来，稀里糊涂地跟着张强送旺仔去幼儿园，又到了公司。

丢了心的李莉喝了几口咖啡，她拿出手机发着微信：宋菲，男人和女人离婚，有时是因为突然间钱多了吗？男人有钱了就会变坏？

宋菲被无头无脑的问话弄懵了，直接发过来语音：李莉一大早的你怎么了？

李莉就把昨晚发生的事和早上听到的话讲了一遍。

"哎，这个不好说，那么多有钱人也没有因为钱多弄成这样。如果真成了这样，就是老祖宗传下来的话：欲让其灭亡，先让其疯狂。"

李莉缓了缓神，马上想到上次聚会，于是就问："上次你们交流的很透彻吧？"

"你着急走啥呀？你不知道我当时多么希望你能留下来陪我。"宋菲带点撒娇的语气强调说。

"好事多磨，我在那里待着就是大灯泡，200 度的大灯泡，现在谁家还用了，我就觉得我在那里碍事。"李莉也很委屈，语气慢慢弱了，像是要接近尾声了。

"李莉，那我们有空再聊！"宋菲很爽快地说。

"好，有空再聊！"

57

∨

∨

亡羊补牢

张强到了单位，有一件事需要欣欣过来落实。

满脸笑容的欣欣问："强总，昨天晚上的水果，您是啥时候买的呀？太出乎我们的意料了。"

张强面带笑容地说："啊，你嫂子昨晚过来了，她买的。"

"我想不能是您这么细心，嫂子买的水果，都是我们最近心心念念的应季水果中的美容皇后。我想男人肯定不会知道的！"欣欣说完觉得自己嘴快，没有考虑领导的感受。

"好吃就好，今天这个事，你一定要认真办，回头签了单子，每一个人都会有奖金的。"张强说话时很认真，欣欣拿着手里的文件，又高兴又紧张。

回到办公室，欣欣冲了两包咖啡，认真工作起来。

钱总给李莉打电话，"韩政罡和宋菲处得很好，我真的要替我姐姐谢谢你呀！你真的太有本事啦！对了，最近我们和国外一个公司正在交涉项目和标准，如果合作成功了，李总感不感兴趣也入点股呀？"

"钱总，投资入股我可不行，稳稳当当地把我现在的公司经营好我就很知足了，男人搞大事业，我一个小女子守业就可以了。谢谢钱总有好事总想着我。"李莉知道自己的水平和实力，对自己有很深刻的认识。

"哪里哪里，共同合作赚钱嘛，以后我有什么好项目，你们公司能接的，我首先会考虑你！"

"钱总，您真是我的贵人呀！只要您相信我，我就不会掉链子。"李莉用东北话打着保票。

"欣欣，处理完了吗？"张强语速很快，他有点着急了，关键是对方的合作公司着急，已经催他一次了。

"强总，快了！"欣欣回复道。

张强听到这话内心很生气，之前他和员工们开会强调不许叫强总，要叫张总，可大家非得说强总好听，能让单位效益强上好几倍。在办公室里，张强来回踱着步，最后决定亲自过去看看。他原本想过，如果对方来第一次电话自己就催促欣欣，她一定会焦虑得做不好工作，不催她呢，又怕她不当回事，把合作的重要机会给丢掉。

"怎么样了？"张强进屋的第一句话，把整个办公室的员工都弄懵了。

"强总，我没有理解这一句话，所以没有完成。"欣欣的回答声音很小。

"为什么不问我，还在这里硬憋着！"张强真的控制不住火气，声音又大又带有责怪的语气。

红着脸的欣欣没有吱声，低下了头。

"你拿过来，去我办公室，我们一起看看如何解决。"话中带有很不常见的无奈，欣欣只记得赵占奎出事后，强总刚接手主持工作时有过无奈。

欣欣跟着张强进了办公室，她像犯了错误的小学生，依然低着头。

张强感觉自己给她的压力过大，语气又不好，他放慢了语速，看着欣欣说："你去搬一把凳子，坐在我身边，不解决完不能吃午饭。"

欣欣没有怨言，只觉得自己能力不足，于是诚恳地道："这处我没有明白——如果贵公司出现不达标，出现违约，按照赵总之前的文件处理。"

张强看了看说，"赵总现在不执政，把赵总之前的文件去掉，改成我公司愿意承担后果，但是恳请对方先派相关人员给我们做几天短期的培训。我们的产品让对方满意之日，即为合作起始日期，为期多久，请对方与我们事先按照程序洽谈。"

欣欣一点点地改着。

"再加上一条，我们公司会比原来的折扣再让利5%，来弥补之前合作的不愉快！"张强突然间想起以前的不愉快的合作经历，这一次做了很大的让步，他真的希望这次合作能成功。

张强足足读了五遍，又让欣欣校正了一遍，最后张强满意地笑了。

张强没有吃午饭，利用午休时间准备着下午一点的谈判。

最后的结果是张强用亡羊补牢的办法把单子签了。

看着自己努力后的第一个订单，他的心里不仅有苦涩，还想这与全单位每一个人不停地努力和配合是分不开的。

张强说："晚上不开会了，订单签成了。"迎来了所有员工的阵阵喝彩。

58

∨

∨

交换认知

宋菲突然发过来一条微信："未来会不会二婚的妈妈变得抢手起来？"

李莉觉得有点丈二和尚摸不着头脑。"为啥？"

"一个女孩的男朋友提出来分手，原因是觉得女孩没有长大，每天只知道打扮自己，不在乎他的感受。"宋菲具体地讲。

"那男孩子一定是遇到了合适的，才会挑剔那个女孩子！"李莉很努力地想着过程，做着自己的判断。

"对的！让你猜着了。他喜欢上了一个离异的单亲妈妈，男孩去了那个女人的家里，觉得非常有家庭的氛围，女人和孩子都非常尊重他，他已经完全融入那个家庭氛围当中了，所以才和女孩子提出分手，想和那个单亲妈妈结婚。"

"哎呀妈呀！这个男人也太现实了吧？"李莉突然间觉得这个事情超出了自己的认知。

"是呀！同样是工作完回到家里，男人就想吃现成的饭菜，不做任何的家务，还在教导着对方听他的，做好家务，现在看来，做女人真的不容易呀！"

"宋菲，我好像很幸运，张强把父母叫过来帮衬我们，我才能踏实地工作。"

"真的是你很幸运，张强也特别有上进心，孩子和家庭琐事不用你操心，你知道上班人普遍想的是什么吗？"宋菲特意卖了一个关子，等待着李莉的答案。

"我没有想过，不好意思，让你失望了！"李莉实话实说，又觉得自己好像真的没有动脑。

"新手上班想着别被领导批评，老员工希望早点下班，有一定工作阅历的人就想着升职，升职的人就希望所有的人都高看他一眼，没有升职的人就想着早点下班放假退休……逃避工作。"宋菲总结着自己的工作经验。

"宋菲，好像有点不对，我每天就盼着下班后回家舒舒服服地躺着。我看张强也是同样的想法。"

"李莉，你真的没有想过吗？你和张强都是在做事业，为自己以后在做铺垫，所以每一天中每一个细节都很认真，因为细节决定成败。你们靠的是诚信，做的就是口碑和信誉。人们想的是只要在工作中不出现失误，那就说明今天过去了，明天再说明天的事情，所以回到家里也有精力。"

"你如果不和我说这些，我真的不会想这么多，我看我身边的员工都很努力呀！"李莉想解释一下自己发现的问题。

"那是你每天抓得紧，看得准，出现了问题及时解决，不让问题出现太大的偏差，说明你有足够的掌控能力，在按照程序进行。其他人也许就不会向你管理的这样，做多了，遭别人排挤；做少了，遭领导批评，也许会被辞退，所以他们做起工作来缩手缩脚，不会大展身手。"

"宋菲，那你认为那个男孩子以后会不会幸福呢？"

"我觉得这取决于那个女人的包容性，如果时间久了，那个女人发现这个男人只知道索取，她不停地付出，有一天当她心里不平衡了，这段感情就会出现问题。"

"宋菲，我听出来一个问题，就是男人只知道他喜欢什么类型的女人，并不懂得女人真正想要的是什么样子的生活。"

"李莉，那女人想要什么样的生活呢？"

"宋菲，我只是随心所欲地瞎说，我说的也许不对。女人需要尊重，不管是在生活中，还是在工作上都要有自己的主动权，当自己累了，可以躺下来休息。当自己想去旅游了，可以出去旅游。不要活在对方的需要当中，否则时间久了就会变成了对方的附属品。"

"李莉，没有对不对，我想，你说的就是你想要的生活。"

"宋菲，不聊了，我有电话进来了。"

"老婆，今晚咱们全家去文化广场那个店吃饭呀？"张强带着兴奋又激动的心情说。

被张强的语气感染，李莉有点不知道怎么回答，"今天晚上就去吗？"

"是呀！我今天终于把合同签了，这是我上任以来第一个订单，我们要庆贺一下。"

李莉想着自己能做点什么，于是就说："需要我先打电话预约位置吗？"

"老婆，我都没有想到这个，那辛苦你了，我晚上 5：30 回家接你们。"

面对老公的初战告捷，李莉开始想着晚上她回家换什么样的衣服出席晚餐。

59

∨

∨

微风和阳光并不偏心

李莉先预订了包房，又打电话让婆婆晚上不要做饭，安心地和公公在家等张强下班后全家出去吃饭，李莉下班直接去幼儿园接旺仔。

李莉推开门，婆婆和公公正坐在客厅的沙发上看着电视。

李莉建议他们老两口换一身衣服，就像三姨来的时候，他们穿的衣服端庄又大方，这样照起相片显得全家更加其乐融融！

张老汉看着老伴说，"别看电视了，走，咱们回屋换衣服去。"

"还需要换衣服？都是自家人，不要这么麻烦啦！"婆婆的脸微带着笑，但更多的是不情愿。

"妈，张强是公司老总，今天签了第一单，我们需要帮他庆贺，我们还要鼓励他继续努力加油的！"

"老婆子，儿子那么努力，你就换一下衣服，有那么费劲吗？"张老汉很支持李莉的建议。

李莉对旺仔说："晚上去那家餐厅，你想穿什么衣服来庆贺爸爸的成功呢？"

"我要看电视，就这衣服，我很喜欢。"旺仔不耐烦地说。

李莉自己进了房间，挑了一条粉红修身长裙，又修饰了一下妆容。

张强在楼下打电话催他们下楼，旺仔似乎有点不情愿，原因是动画片儿没有看够。

爷爷、奶奶拉着旺仔的手，李莉麻利地锁好门。

张强开着车，张老汉坐在副驾驶，两个女人把旺仔夹在中间，旺仔骄傲地说着，"这个位置就是 C 位！"

"啥 C 位，我怎么不懂？"奶奶很好奇旺仔说的话，她居然听不懂，她拍了拍张老汉的肩膀，"孙子说的啥，你懂吗？"

"我也不懂，应该是流行语吧！"

"哈哈哈，幼儿园的小朋友都知道，爷爷、奶奶你们却不知道，看来你们落伍了！"旺仔嘲笑起爷爷、奶奶。

"旺仔不能没有礼貌！"李莉生气地拍了一下旺仔。

旺仔装作要哭，但是眼泪掉不下来。

在饭店里，李莉点了一只烤鸭，婆婆和公公示意李莉点少点，避免铺张浪费。

张强的意思是，除了烤鸭带的配菜还有鸭架做的汤，再点五个炒菜就可以了。

李莉拿出从家带的白酒，张强觉得到饭店吃饭，自带酒水不好。

张老汉忙解释自己就喜欢这一口，喝着不上头。

婆婆也帮着解释道："外面的酒又贵又不知道是不是勾兑的。"

酒桌上，李莉每次活跃着气氛，但总是让婆婆转移了话题。

"儿子，你以前的发小东子，他妈今天下午给我打电话了，说让我托你帮他找找工作。"

"妈，你答应了？"张强很是生气，因为他对东子太了解了，学历不高，脾气很大，遇到不服的人说不上几句，就立马翻脸。

"我没有把话说死，因为我也不知道是否有适合他的工作呀？看着他待在家里，上有老，下有小，我看着都替他妈着急。"

"我说句公道话，老太婆的心是好心，但并不是所有的忙咱儿子都能帮上。东子咱们从小看着他长大，他应该是一个不错的好苗子，和咱家儿子一样应该能考上大学。要赖，就该赖他有一个不分黑白是非的爸。"张老汉把话接了过去。"我认为他奶奶才是罪魁祸首。"婆婆不同意张老汉的观点，反驳着。

李莉坐在旺仔的身边，此时感觉自己就是一个局外人，他们说的到底是什么样的人呢？她带着好奇心继续听着。

"东子他妈以前一说孩子哪里做得不对，东子的奶奶就在东子的背后说他的妈妈坏话，说她不知道疼孩子，就知道劈头盖脸地说孩子。又说这样的妈妈不好。导致东子认为自己的妈妈所作所为都是不正确的。他奶奶还给东子出主意，如果妈妈再说他，就偷偷地告诉爸爸，让爸爸打妈妈！就因为这事，他们夫妻没有少吵架，有时真的急眼了，东子爸就打东子妈。后来他们两个离婚了，又不让东子妈接近孩子，还对东子说他妈不要他了。孩子在这种家庭氛围中，找不到方向，就开始不愿意上学，现在这样，就是东子奶奶犯的错误。"婆婆认为自己的判断是准确的。

"我觉得赖东子爸，自己没有文化，不让孩子好好学习，还总觉得自己妈做得对，相信自己的妈，后来他妈终于把他们的婚姻拆散了，他现在应该能明白，明事理的父母不应该参与儿女家的私事。搅来搅去都没有搅明白，搭上了儿子的幸福生活，又搭上了孙子的前途。"张老汉认为自己的观点正确，他觉得自己是一个明白人。

"你们别争，我听明白了。东子的工作我真的安排不了，分开这么久了，他现在是什么样的人，我又不了解。妈就是因为他妈给你来电话了，你觉得可怜。现在可怜人很多，关键是他们没有文化，听不懂，看不透，不能与时俱进，说白了，就是有一个穷思维。"

"我觉得我老公总结得很到位。咱们喝酒，祝贺张总大展宏图吧！"李莉先端起了酒杯。

张老汉觉得老伴把话题扯远了，弄得大家都很紧张，瞪了老伴一眼，示意她，作为一个老人不要给儿女惹麻烦。

婆婆有点委屈，又有点不服气，回瞪了张老汉一眼，也端起酒杯。

张强也觉得自己刚才说的话，把妈妈弄得好没有面子。端起酒杯说："爸爸妈妈，你们辛苦了！家里就是因为有了你们，我们小夫妻才能安心地工作。"

"哪里哪里！都是应该做的，一家人不要说两家话，让人见笑，我们也就能做点饭，收拾个屋，其他的都帮不上忙，看你们一天回到家里，累得话都少了，我看着也心疼呀！"婆婆说完用手擦擦要流出的泪水，眼睛红了。

旺仔委屈地说："我最辛苦，大人休息时，我还要去学画画！"

在大家觥筹交错间，张强偷偷地在李莉耳边私语，"晚上咱俩不去吃烧烤了！"李莉很爽快地答应："成，我上次都吐了，这次缓一缓！"他们彼此心照不宣地嘿嘿乐着。

60

∨

∨

扶贫式的感情累不累

李莉早上上班，正喝着咖啡，宋菲发了一条微信。

敬爱的宋老师：

您好！上次我在您那里咨询后，感觉我压抑的心
情释放了很多。我在不停地观察自己的情绪。就像当
初您说的，成长是发现问题，成熟是看淡生活。我还
记得您说被爱过的人，内心是丰盈的，表面是阳光
的。没有被爱过的人，总是透支着精力，去寻找爱。
您说那样会很累。

结合上次您的辅导，我这次是专门做反馈的。您让
我从小时候寻找根源。我发现我小时候生活在一个很不幸
的家庭里，父母经常吵架，就是因为钱。他们的战争往
往有了我的参与才会停止，我妈总是让我拉架，声援她，

导致家庭氛围始终是紧张的。我常常是妈妈的出气筒，而她是爸爸的出气筒。导致我从小性格内向，不愿向人倾诉自己。家里穷，我没有继续上学，而是出门打工。父母看到我空手而归，脸色就不好看，当我买了好多的东西，他们的脸上就会露出笑容。在我打工时，他们在家不务正业，聚众赌博，经常被带到派出所，他们就给我打电话，让我用钱去担保他们。有了第一次，就有了第二次，他们无休止的欲望，都是建立在我痛苦的付出之上，我每天承受着巨大的工作压力，闲下来想想他们的处境，我就害怕。害怕万一我挣不到钱，他们可怎么办呢？我就开始兼职，偶尔他们会在我工作时给我发视频，他们在参加婚礼，他们在外面旅游，他们在饭店聚餐……他们见人就夸自己生了一个好孩子，我每个月给父母足够多的钱，他们才能得以享受生活。后来在我的努力下，我创业成功了，他们索取的频率越来越高，越来越甚，他们看到别人家有什么，就会和我说别人的感受，好像没有达到他们的目的就是我的错，带着这种心理，我更加努力。后来当我越来越有钱了，他们希望来到我的身边，并不是想关心我，照顾我，反而是希望我给予他们的越来越多，因为之前我的条件不好，现在条件好了，他们想享受更好的生活，好让他们的朋友羡慕。他们的爱慕虚荣，假假惺惺，让我意识到了可怕的后果。

人的一生只有一次，他们前半辈子没有过过好日子，因为缺钱，现在又要榨取我的辛苦成果。曾经我也尝试过离开他们，但是他们到处找我，说想我，现在想想，他们就是缺钱了，不好意思直说。他们来到这里，说我好多的家用电器买了浪费，不如把省下来的钱让他们去旅游。公司投资的项目文件落在家里，他们说我投资没有必要，不如把钱投给他们，让他们去法国的庄园住一住。通过咨询，我明白了，想透了这一切，都是我咎由自取，我应该早早看透他们的本来面目，他们来我家，扫了地，刷了碗，竟然管我要高额的服务费。如果那时我就采取行动，也不至于让我越来越累。

感谢宋老师，自从有了您的开导，让我内心很有力量。我相信自己能战胜困难。

您的咨询者K

"宋菲，这也太吓人了吧！难道天底下还有这么可怕的血吸虫父母？今天真的是让我大开眼界了，我始终认为父母应该是爱我们的！"李莉的话越来越弱，她突然间想起来，自己的妈妈已经好几年没有联系她了，也不知道身在何方，过得如何，每当想起妈妈，就会在梦里流泪，生活中她早已把张强的妈妈当成了自己的亲妈。

"小丫头，你是被保护得太好了，成长就是不断地发现新事物，就像解数学题一样，碰到了就解，直到所有的题都难不倒你，你就成熟了，慢慢地所有的问题都不是问题了，你会看淡一切。"宋菲连珠炮式地总结着。

"感谢师傅教导！我领会了！"

"哈哈哈，我成了小丫头的师傅啦！有空再互相切磋。"

61

V

V

接订单

李莉坐在那儿愣了好久，思考着，后来拿出了日记本：人生千万不要①太闲；②太懒；③太无知。

放下笔，李莉觉得心里的堵，已经疏通开了。

继续工作。

电话打破了沉寂。

"赵总，您好！"

"人精，上次你们发给我的产品，很受欢迎，我先定一批20万元的货，你多久能给我发过来？"

李莉思索了好久，"赵总，那 20 天交货可以吗？"

"够爽快！那就这么定了，还是上次的标准，20 天内，我等着收货。"

"好嘞，请赵总放心，我按期交货。"李莉说出来的每一个字都像跳跃的音符，因为她真的太高兴了，她前几天还在想着家里应该添置一台新车了，这样她和张强上班和办事都方便，今天赵总就要给她送钱了，她感觉自己像踩到棉花上，晕晕的找不到东南西北了。

撂下电话，李莉就开始安排车间按原有的图纸大量生产。

员工们看到这么一大笔订单，工作起来也痛快了不少。

李莉晚上回家晚了，孩子也顾不上接了，索性就打电话让公公去接。

天刚蒙蒙亮，李莉起床困难的毛病也改了，手机闹铃一响，她就立马轻手轻脚地去洗漱，早饭也顾不上吃，拿一袋牛奶，一袋饼干就出门上班了。

刚开始张强没有说什么，后来张强感觉媳妇太辛苦了，想去送她上班，但让李莉给叫停了，她考虑到旺仔还需要张强的专车呢！内心盘算着，过 20 天后，这笔钱就到账了，买辆车代步就好了。

李莉每天虽然很累，但是看着员工干劲十足，她内心就像加满了油，眼中有着平坦大道，让自己的精神驰骋飞翔。

不出李莉所料，没有到 20 天就完成了，准确地说，第 16 天晚上，产品就都出来了，她不放心质量问题，又验证了整整一天！第 18 天就叫了物流公司来取货，按物流公司的合同，应该在第 19 天就能运到赵总指定的地点。

李莉简单的和员工们说着："为了赶工，辛苦大家了，此期间大家都没有放假，始终加班加点赶进度，除了感谢，给大家放 4 天假。让大家好好休息。"

员工们听到这里，欢呼一片，李小颖最开心了，她几乎要跳起来，李莉明白她占用了李小颖的恋爱时间。

躺在家里，李莉刚开始憧憬着睡个一天一夜，张老汉和婆婆也很配合，让她感觉不到家里有人，越是这样，她的内心越有些不知所措，她决定不躺了，买菜做饭。

婆婆很心疼李莉这样懂事，因为之前她听张强说李莉多么好强，在事业上多么能干，她觉得自己在工作上帮不上忙，尽自己的能力，做个饭应该没有问题，现在李莉把自己做饭的工作抢了，多少有点不适应，似乎觉得自己有点多余。

婆婆问李莉："我帮你洗哪个菜，这个菜是这么切吗？"

李莉看着婆婆很小心的样子，她能感受到婆婆比自己的亲妈都在乎自己的感受。

晚上一家人欢聚一堂，有说有笑地吃着，聊着。

张强感觉李莉越来越成熟，事业运作得越来越好。他不停地举杯庆贺李莉。

李莉始终感觉婆婆比自己的亲妈对她都上心，说着说着，婆媳俩竟然哭了，边抹着眼泪，边撞着杯，张强体会了什么才是真正的一家人。

你心里有我，我心里有你。

62

∨

∨

心　情

张强躺在床上看书，李莉翻看着朋友圈。

一条微信进来："小徒弟，师傅灵魂陷入沟壑了，怎么办？"

"有什么难题把师傅给难住了，你说说看？"李莉觉得宋菲这么聪明不会遇到难题的，没有想到有时也和自己一样，不用脑子。

"人结婚就要生孩子吗？我很无语……"宋菲的无奈从她的字里行间流露出来，李莉在想着怎么解答呢？确实有点难度。

李莉碰了碰张强的胳膊，"女人就是娶回来生孩子的吗？"

"也是也不是。"李莉听完张强的回答，心中涌起了莫名的伤感！

作为女人，不能光用女人的思维去衡量问题，她暗暗地提示自己。

李莉回复着："宋菲，你现在能帮助很多人，未来的一百年后，你还会有贡献吗？不会有吧，寿终正寝是每一个人未来的归宿。除非你现在成了乔布斯、恩格斯、斯大林……像他们这样的伟人，用自己的精神影响人类的进步。像我这样的普通女人，只能孕育生命，延续我们的生命。陪伴孩子成长的过程中，修炼自己的责任和担当。"

"李莉，我也是普通女人，只是现在没有做好准备迎接新生命而已。我也想做一个完整的女人，当一个合格的妈妈。"

"加油！"

"加油！"

喝了点酒的李莉很快入睡了。她在梦中仿佛看到一辆新车，带着大大的天窗。

工作中李莉觉得时间好慢，因为她内心期待着赵总的结款。

一天天过去了，她有点着急了，就像小孩子一样渴望那笔款项到账。

李莉按着电话号码，百感交集地等待赵总的接听。

"暂时无法接通……"

一遍又一遍的结果都是这样。

李莉觉得此时自己就像热锅里的蚂蚁，不敢想结果。

她慢慢地浑身发热，心跳也加速起来，额角似乎有汗珠往下滑落。

李莉想来想去，觉得还有一个途径，那就是：产品的终点站。

李莉继续拨打着电话。

"您好，某某公司，请问您有什么事情？"对方很有礼貌地接听电话，规范得就像专业的话务员。

"我想找你们老板！"李莉慢慢说着。

"对不起，没有预约是不能转接的。"接线员回答。

"我有重要的事情找你们老总！麻烦您告诉我电话号码可以吗？"李莉有点着急了。

"对不起，我不能私自将老板的电话给您，我可以转告您的信息，女士，您贵姓？您有什么事情？"对方仍然礼貌地回答。

缓了缓情绪的李莉知道，如果自己执意不按对方方式回答，那只能亲自过去了，但是问题还没有到那一步，不如给对方留下自己的信息。

李莉一一做了答复。

但是如同李莉预想的一样，所有的信息石沉大海，她没有接到任何的回复。

她开始觉得鼻子发酸，眼泪有时不争气的总想往外冒，她真的感觉没有什么事情可以让自己高兴了，她不想吃饭，也不想说话，甚至发现自己的睡眠越来越糟糕。

李莉意识到自己遇到大麻烦了，因为她每次的预感既准确又突然。

张强也发现李莉自从产品发出去，再也没有了往日的精气神。

"老婆，怎么了？你和我说说，我帮你解决。"张强小心翼翼地问。

"没有什么，我觉得我眼皮有点跳，不舒服，我想睡觉。"李莉说完转过身。

张强觉得老婆这次遇到麻烦了，作为老公真的不能装作若无其事。他用双臂紧紧抱住李莉。"老婆，哪怕最坏的结果，我也愿意和你一起承担，你不要忘了，我们是一起共度余生的人，你这样，我看着真的心疼，你不说，我就抱着你。"

李莉发现张强抱自己的同时，就觉得喘不上气来，用力挣扎着、反抗着，但是自己不管如何努力，始终被张强抱得紧紧的。

李莉流了好多的泪水，虽然没有声响，但是一滴滴滑落在张强的臂膀上，他能真切地感受到。

"老公，你放开我，我说！"李莉突然间意识到自己不能再让张强担心，因为他身上的担子也很重，不能让他工作分心，唯一的办法就是实话实说。

李莉把事情一五一十地告诉张强。李莉这几天也反复复盘，自己出现的致命问题就是没有签合同，没有商量什么时候回款，她认为他们已经合作多次了，不会出现任何问题。

说完的李莉好像觉得心里痛快了不少。

　　"老婆，这个事情最坏的结果就是赵总是一个骗子，你所有的付出都没有了，现在唯一的希望就是弄清楚产品的终点站和赵总是什么关系，如果对方留有赵总的余款，我们可以通过法律途径解决问题，如果对方没有余款，我们就当学习经验，总结教训了。老婆，你不要怕，有我呢，我不会因为这件事责怪你，因为你也是为了赚更多的钱，来改善我们家庭的生活条件呀！"

　　李莉趴在张强的怀里，她感受到从未有过的踏实和安心。

63

∨

∨

成长是一种痛苦

张强送完孩子，在送李莉上班的途中说："老婆，你别有太大的压力，我不会袖手旁观的，我今天把工作处理一下，然后请两天假，陪你找赵总，如果真的情况属实，我们就去报案。你在公司先不要声张，像以前一样工作。人生就像一个气球，你泄气了，气球就瘪了，如果你坚持不懈地努力，慢慢撑大了球体，你也会随着气球往上升，老婆，你懂我的意思吗？"

坐在副驾驶的李莉转过来面对张强，看得张强阵阵心痛，"这里有纸，快擦擦眼泪，别像小孩子一样好不好？"拉着尾音的话语，好像是张强平时和旺仔商量的口吻。

车停稳后，张强走到李莉车门一侧，缓缓拉开车门，拉李莉出来，在她额头上轻轻地留下一个吻。另一只手轻轻点了点李莉的后腰。

李莉点点头。

李莉独自在办公室发着呆，眼睛直勾勾地盯着电脑屏幕，但是什么也看不进去。

这时手机响了，李莉飞快地接起来，对方没有说话，李莉下意识地看看电话号码，019 开头，她想起来，爸爸在她上大学时告诉她，凡是 019 开头的就是国际电话，接电话也是花钱的，而且弄不好就是骗子打来的，千万别接。她刚要挂断，电话里传来若隐若现的声音，"小莉是我，我是妈妈。"

李莉顿时泪水如雨下，"好多年了，我终于听到您的声音，难道您就不想我吗？"李莉心里开始有点埋怨妈妈对自己的不关心。

"我控制不住眼泪，因为每次拿起电话，我的泪水就会不争气地止不住地往下流。"

"那您也不能不给我来电话呀。整个人像是人间蒸发了一样，我好想您，您知不知道？"李莉哽咽着说。

"你把信箱告诉我，我把写好的信给你发过去，等你有空的时候再看。"

"妈，我的信箱是……"

随后就是电话的嘟嘟声……

李莉焦急地等待信件。

过了一会儿，文件浮在眼前，她努力擦拭着泪水。

想念的小莉：

你心里一定恨透了我这个狠心的妈妈，自从你高考结束，我就不辞而别，因为妈妈也不知道和你说什么。难道要承认自己是一个失败的女人，被你爸爸抛弃了？我真的说不出口，我怕我连最后一点点的尊严在你面前都没有了，我那时真的希望你不要活在大人纠葛的情感当中受折磨，所以我选择了不辞而别。现在妈妈希望你能理解妈妈，妈妈那时想了好久，觉得这么做对你的伤害最小。你能安心完成大学的学业。

妈妈也舍不得离开你，但是我要接受现实，我和你爸爸离婚了，他已经喜欢上别的女人，我没有能力去抚养你。

我希望你能做一个独立的女孩，有自己的思想和想法，不要像我一样，生完你，盲目地听从你爸爸的意见，全职在家照顾你。那时候，我心不甘情不愿，于是就做起了小生意，开始生意很好都是熟人关照，但是时间久了，慢慢地就没有了人气，后来就关掉了，我把所有的时间和精力都用在你和你爸身上，我很在意你和你爸爸说饭菜是否好吃，你的学习成绩是否提高了。那时我对你管得很严，比其他的孩子管得都要严，你经常在我面前哭着说不想要我这个有毛病、有神经病的妈妈，因为我管不了别人只能管你。我经常在夜里回想这句话，你说的真的很对，我只能管你，任何人都不会听我的。你爸爸经常出差，去了哪里他想回答就回答，因为那时家里的钱都是你爸爸赚的，包括我那时每年补交给单位的社保钱，也是他赚的。我那时觉得自己没有地位和尊严。但是我真的与社会脱节了，没有了自信，不敢再尝试努力奋斗。

我就盼着你长大了，有出息。

你爸爸背叛了我，让我必须和他离婚，如果不离婚，你上大学的学费他不掏。我那时才意识到自己真的可怜和卑微。

我怕我和你说出真相，你会选择不去上大学，背负着我们这一代人的恩怨，这样会耽误了你的大好前程。

后来，我就选择了不辞而别。希望你知道真相后不要嘲笑妈妈的无能和懦弱。

我走时就发誓一定要把自己活明白了，才有资格找你，不想让你在心里瞧不起我这个不合格的妈妈。

妈妈每天都在想你，想得我心都在疼。

但是那时我真的不知道如何才能让自己振作起来，我做过保姆，做过服务员，做过搓澡工，做过护理员……我打工吃了好多的苦，我就记在心里，想告诉你，人生一定要肯吃一时的苦，不能吃一辈子的苦。

我挣了点钱开始学习外语，之后出国务工挣了点钱，我看到当地人很享受生活，就开始学着做一点点小生意，后来遇到一个很善良的当地人，我们就在一起了。他看我总偷偷地流泪，就开始教我打字，使用电脑，希望我有一天能和你对话。

你在上大学期间，妈妈也偷偷地给你打过电话，但是你都没有接，我就在想，妈妈一定要努力争取早点看到你。

宝贝，你长高了，变好看了，也会打扮了，结婚了，又创业了，公公婆婆对你也很好，这些我都是从你小姨那里打听到的，我让她偶尔和你联系，但是绝对不能提到我。我们的秘密只有我们两个人知道。得知现在你过得很好，妈妈真心地替你高兴。

妈妈这些年也总结了，一生当中真心站在你的角度帮你考虑的人不多，遇到了就要珍惜。人要努力、自律、勤奋，要不有一天别人会嫌弃你，就像甩鼻涕那样自然，就把你淘汰了。强者喜欢和有上进心的人交往，弱者喜欢和不如他的人交往，妈妈希望你能看透生活的真相，努力拼搏。

教育孩子这一块，妈妈也没有什么经验，妈妈希望你能多给孩子爱，不要像妈妈那样不懂教育方法，不是打击就是恶语相向。这对彼此都是深深的伤害。你是孩子的榜样，你要加油呀！你会是最棒的妈妈！

你的公公婆婆对你那么好，你要知道感恩和回报。没有人会平白无故地对另一个人一直那么好的，人都是有限度的，我也希望若干年后你的工作上了正轨，你又能陪孩子，又能工作，回归三口之家，也锻炼了你的责任和能力。我老了，我懂老人也需要有一个独立的安静又舒适的生活。

宝贝，妈妈说了这么多，你别生气，因为这么多年，妈妈真的太想太想你了，但是妈妈知道，妈妈不能成为你的负担，也不能让你感受到我浑身上下都是委屈，传播给你的都是负能量。所以妈妈觉得自己活明白了才能和你对话，也意味着人的成长是无止境的，也许一生都在成长，成长就是和过去的自己告别。虽然当时痛苦，熬过来就是光明一片。

爱你的妈妈

64

∨

∨

以单纯的心去信仰

　　李莉看过信后，复杂的心情变得简单很多，她知道妈妈已经不再恨爸爸了，这么多年通过自己不断的努力已经成功逆袭，已经安顿好了晚年生活，这么多年的磨砺，让妈妈又领悟到好多人生真谛，在李莉的心中，妈妈是真的活明白了，也真的想开了。李莉心中慢慢解开了最初恨妈妈的结，懂得了她为什么不辞而别，一切决定都是源于妈妈为了让自己更阳光和快乐。她在心中与自己和解，爱一个人，首先是理解她，懂得她背后的真相，接纳她一切的决定。她拿出日记本写下：只有吃了一时苦，人生才不会吃一辈子的苦。

　　李小颖过来了，把李莉的思绪从妈妈的信中很快拉出来。

　　李小颖汇报着前期那个遗留的问题，她汇报的过程很长，李莉此时此刻突然觉得自己不配做老总，怎么能在工作中突然间变得烦躁不安，不想继续听下去，但是又觉得会影响李小颖的工作积极性。她在想着电脑信箱里会不会有她要的结果呢？她把目光转移到电脑上，李小颖很尴尬地解释道："对方已经发了文件。"末了，李小颖说对方认为处理得很满意。

"那感谢你的付出，你的奖励我会单独发给你，你先回去吧！"李莉很快地把问题做了了结。

李莉发现电脑里有两份文件，一份是李小颖说的那份，另外一份是赵总让她把产品送到终点站。

李莉快速翻看着第二份文件的内容，里面有对方公司和赵总签的合同的复印资料，大致内容是他们公司和赵总签的合同里有 100 万元的产品，他们公司给赵总先打过去了 50 万元的预定款，其余等全部产品到货再给钱。

李莉看呆了，发现这家还不知道自己公司被骗了，他们公司还在催李莉快点把余下的产品按合同早日发过去。

由糊涂到思路清晰，李莉是通过强制让自己喝两杯咖啡提神才做到的。

赵总的葫芦里到底卖的是什么药呢？

李莉发现上面有赵总的身份证号码。她决定通过法律途径解决此事。

李莉又意识到对方公司还不知道真相，这样下去，自己好像有点知情不报了，干脆两家一起携手打官司更好。

李莉很快把事情的经过和对方做了说明。

对方有点不相信李莉的话，他们又给赵总打电话，最后证实了赵总真是一个骗子。他们认为赵总就是用20万元的货骗取了他们50万元。

李莉认为，赵总并没有给她20万元，这是连环诈骗经济纠纷案，只有起诉才能有说法。

他们决定先找一个律师咨询一下，还有就是麻烦李莉先去当地派出所去查当事人的情况。

李莉想到早上张强说他准备明天请假陪她去处理，她左右为难，如果张强请假了，公司就无人做主，自己如果去了派出所，自己又会怎么做？难道自己惹的祸自己就不能承担责任吗？

想到这里，又想到妈妈一路的艰辛，她明白所有的成长都要靠自己。

李莉在公司做了简单安排后准备前往南关区南岭派出所走一趟。

派出所民警按照身份证号码查到是自己区域的居民，但是具体的什么情况，需要李莉通过市公安局的手续才能查办。

于是李莉去了市公安局报案。

李莉觉得解决问题并不难。她去了市公安局，又去了法院，还去了多家律师事务所做了简单的咨询，都说能打赢官司。

李莉期待着张强晚上帮自己做做分析。

65

∨

∨

回　忆

李莉吃了晚饭就先回房间休息了。张强很快也吃完饭，回了房间。

两个人背靠着床头，李莉的头倒向张强的臂膀。

李莉微闭着眼睛，似乎真的有点累了，感到有点力不从心，觉得自己如同一条阳光下蜷曲准备要睡觉的小狗，完成了唯一的看家护院的任务后，想安然入睡。

张强抚摸着李莉的头发："老婆，最坏的结果我们想过了。有没有其他的线索可以让我们找到赵骗子呢？"

"骗子"二字从张强的口中一出，李莉一下想起来白天发生的事情还没有向张强说，她就把文件上她发现的问题到最后去了律师所咨询的情况说了一遍。

张强分析说，"赵骗子这么着急只拿了50万，说明他有更着急的事情。"

李莉随着张强的思路往下想，她觉得浑身发麻，胳膊上起了鸡皮疙瘩。

"也许有人追杀他，他逃跑了？要不就是欠了银行的贷款到期了，这个订单他能拿到多少钱就是多少钱，因为他没有别的办法可选择了，拿钱跑路是最好的选择。要不就是赵骗子遇到刑事案件了，他潜逃了？"

李莉觉得张强说出来的每一条信息，都在刷新自己的认知，因为这些想法是自己绝对想不到的。现在想起来不由得后怕。

张强问李莉："你们第一次出去吃饭是两个人吧？你回忆一下，他当时是不是有两部手机？"李莉立刻陷入回忆中，"是两个人，他是有两部手机，你怎么知道的？"李莉觉得张强有特异功能。

张强没有理会她的反问，而是接着让她回忆，"赵骗子是不是说了一句，为了不打扰咱们聊天，他把手机关了，然后他看看你的手机暗示你也关机。"

李莉好像想起来了，真是这么回事。回家之后还被张强追问了。

"他是不是偶尔用眼睛含情脉脉地看着你，提起他曾经的过往，如学校发生的一些事情……"张强说完等着李莉的答复。

"是的，我们是校友。还是同一个老师教过的。"李莉觉得自己记得很清楚。

"他是不是在那个酒店吃饭时，不停介绍每一个出席的人都是社会名流？"

"是呀。"

"他是不是从来没有提过他的老婆和家人？"

"是的！"李莉坐起来仔细地看着张强，此时的张强不仅是福尔摩斯，还是自己最大的依赖。

张强陷入了沉思。

"那天吃饭的人中，你有没有其他人的微信"。李莉记得旁边坐了一个画家，他们好像加了微信，其他的人好像没有加。

张强提醒李莉明天给那个画家发微信问问赵总的情况，如果对方不知道，就说明他们只是泛泛之交，也可能是偶尔认识，借助各位的名气让你觉得他办事能力和社会地位很高、是你高不可攀的，让你防不胜防地进入他的圈套。

李莉反驳道："他和我合作过！没有出过问题呀！"

张强问李莉："如果出过问题了，这次你会特别积极地把货发过去，而没有收定金吗？"

李莉觉得自己确实没有想那么多，也不再反驳。

张强追加一句："唯一的方法就是查到他家住址。"

李莉说："好像是南关区南岭某某小区，身份证上都有。"

张强说："这就是突破口，他一定是把房子低价卖了，明天我们按这个地址去看一看。"

"明天我还想让你去上班呢？"李莉觉得自己不能占用张强的工作时间。

"家里出了这么大的事，我不处理，我还是一个男人吗？你以后怎么依赖我呀，是不是？"

李莉觉得自己确实很渺小，想的问题真是太简单了。

"明天要起早，赶在他们上班前就要进房间去看一看。"

李莉在想，张强到底要看什么呢？

"老婆，你也辛苦一天了，不要多想，有我在呢，早点睡觉！"

李莉紧紧地搂着张强的后腰，她觉得这样睡觉更安全！

66

∨

∨

破　案

门铃响了很久，里面有脚步声慢慢移向门口。

"谁呀？"里面传出一个男人的懒散声。

"我是房东的亲戚，我来找东西的。"张强回答着。李莉看了看张强，心想如果此时让自己回答，真的会懵的，说进家看看，对方会说，你没有权利。如果说我找赵总，对方会说，人不在，不给开门。

门打开了。男人很不满地说："搞没搞错，这才5点，你们的房子租得便宜也不至于这么折磨人吧？赶上半夜鸡叫的周扒皮了。"

李莉赔着笑脸，张强左右看看，并没有直接去翻什么东西，房间很乱，也许是男人刚租的房子，并没有进行整理。张强走进主卧仔细查找着，最后在电视后面的插头上发现了一个东西，费了点功夫取了下来。说声抱歉，走了。

男人很不情愿地送他们出了门，嘟囔一句："希望下次不要再看到你们！"

在回去的路上，李莉好奇地问张强："这是什么？你怎么发现的？不知你是怎么想到的？"

张强就像没有听见，专注地开着车！

他们回到家里，正赶上婆婆做好早餐，吃过饭，送孩子去了幼儿园，张强就让李莉给那个画家发微信："赵总最近没有联系上，您知道他最近在忙什么吗？"

很快，对方回复道："自从上次吃完饭我们再也没有联系！"

李莉觉得每一个问题都与张强说的一样。

张强让李莉去上班！

他开车走了……

李莉觉得张强越来越神秘。她不知道张强何时才能让真相浮出水面。

李莉坐在办公室里，想起来还没有给妈妈回信。她脑袋乱得很，就想表达得越简单越好，因为还要把精力用在工作上。于是回复："希望您能回国看我！妈妈，我很想您！"

昨天没有来得及看的文件，李小颖处理时，在文件上很详细地阐述了她的观点，最终对方很满意！皆大欢喜是李莉最希望看到的。她把奖金发到了李小颖的微信上。

她拿出了一张律师名片，问着价码。

钱总打过来一个电话，"我想要定一批产品，有点着急，希望李总快点！"

李莉听着这些话，不由得紧张起来，感觉之前的一幕又要发生似的，她赶忙实话实说："钱总，我最近把钱都压在原材料上面了，需要钱总照顾一下，能否打点预付款。"

"李总也有遇到困难的时候呀！这次我就打全款，我也不签什么合同了，你就快点把货给我发过来，最好提前，对方催得紧。你给我打一个收条吧！"

李莉想问钱总收条发在信箱里，还是哪里。

"李总，收条也不用了！手机里有转账记录，能跑了和尚，还是能跑了庙？"钱总此话一出，两个人都哈哈大笑起来。

李莉迅速安排车间赶工。

坐在办公室前看着手机里到账的金额，李莉拿出了日记本：做生意，拼的就是谁更厚道。能真正赚大钱的人胸中自有大格局，不愧天地，不愧于心。不见利忘义，才能走得更远，走得更久。

李领导打电话过来："姑娘，你张阿姨家的电脑坏了，你帮找一个修理电脑的吧。"

李莉没有吱声，直接挂断了电话，她心中有一种难以释怀的不满，她提醒自己，妈妈都不再恨爸爸了，自己何苦折磨自己呢！她快速在电脑上翻找起来。

打开微信，给李领导发过去一个电话号码，又说这个人叫张师傅，他能上门服务。

李莉的肚子开始咕噜咕噜叫，看着午饭时间未到，她想心中的鸿沟好像一点点地被逾越了，自己的免疫力不但提高了，代谢能力也提升了，李莉终于露出了微笑。

67

∨

∨

产品走俏市场

李莉待在公司的时间越来越长，旺仔好久都没有看到妈妈了。

李莉回到家里，旺仔已经睡着了，旺仔没有醒的时候，李莉又走了。

公司的新产品在老李的建议下，包装上有了的新突破。

"李叔叔，上次多亏您的改进，让咱们的产品越来越畅销，这是奖励您的1万元，如果这次包装升级后再次带来好效益，我还要继续奖励你！"李莉用双手把1万元放到老李的手中。

老李愣是不收，"产品订单来之前我和你说了改进建议，你没有同意，这是我私自改进的，没有给公司带来经济上的损失，我就很知足了。因为我真的是觉得原有的不是很完美，我研究好久，就想凭着我多年的经验看看结果。我都做好了思想准备，这次不成功，大不了我在公司白干几年，不领工资，就当免费奉献了。"老李说完转身要走。

身边的同事都看不下去了，有的拉着老李的胳膊，有的拽着老李的手，非得让他把钱收了。

在大家的共同努力下，老李收下了 1 万元奖金。"今天这钱我收了，我希望咱们公司所有的员工以后都能拿到这个奖励，公司开出来的钱不是李总给大家开的，而是我们所有人自己给自己开的，我们不努力，就不会有钱赚，我们努力了，钱就多了。当然每个人都有很大的潜力，在热爱工作的基础上，善于发现问题，创新产品，勇于研发项目，把公司产品当成赚钱的工具，工具漂亮了，我们的钱包就鼓了！只有这样，我们的家人才能过上更好的日子！是不是这个道理?！"老李说的话声音很大，敲打着每一个人的心房，一席话得到大家一致的认同，掌声不断。气氛把所有人内心渴望的激情燃到最高点，李莉也感动得流了泪。

这是李莉心中希望看到的场面呀！她理解李叔叔的话：产品就是大家的钱包，产品销量上去了，大家的钱包就鼓了。

她在内心感恩所有人的努力和支持，更感谢李叔叔的付出。

产品再一次送走。

几天之后，又迎来钱总更大的订单。

钱总仍然全部款项直接到账，李莉内心感谢钱总的支持，但她更懂得，生意上，产品质量才是最实在的话语。

"李总，我是某某公司的老总，我姓丁，我想做你们公司的全国总代理，你开一个价吧？"

面对突如其来的代理权问题，李莉真的没有想过，一时不知该如何回答，她突然觉得，如果买断代理权，钱总最适合……"丁总，不好意思，我们的总代理权已经被别人买断了。"

李莉准备挂断电话，对方很急迫地说："那我能从你这里拿货吗？"

"丁总，真的不好意思，你把你的电话号码留给我，我让代理公司打给你！"

"谢谢李总，我的电话号码是……，我会 24 小时开机，恭听代理公司的电话，希望你转告一声。"

李莉通过丁总的急切心理，明白了自己公司产品升级的包装已经得到消费者的认可了。

"钱总，我告诉您一个好消息，又有人想订货了！"

"怎么，您准备搞乱市场吗？不考虑一下先来后到的商业规则吗？"钱总的语气有点生硬，表示着对李莉的不满。

"钱总，我是这么想的，我想让您来当全国总代理，他们进货都经过您，发货可以从我这里出，产品款项加物流费都由您收，然后您再付给我。"

"你这个李总，真是人精，这是在卖给我面子呀！那我还是老规矩，订货单一出，钱就给你打过去，我们这样合作才是真正的合作共赢呀！"

"钱总，您真是过奖了，我还不是喝水不忘挖井人吗！我还要感谢您这个伯乐的赏识呢！我也希望我们的合作长长久久，您可不可以把各个区域的价位确定后，给我发一个价格表，我也不希望市场被钱和人的欲望毁灭了！"

"好的！李总考虑问题就是全面呀！"

"我们协商好了价格，就把客户的电话号码发给您！"

"哈哈，李总不愧是商业精英！"

产品越来越畅销了，此时的李莉却陷入了沉思，她拿出日记本写下：做完和做好仅有一字之差，但二者的本质是不同的。

前者执行了但却不到位，只是走过场或者是纯粹地应付了事，而后者不但执行了，而且到位了，它代表着对自我目标的负责，对上级组织负责，对公司利益负责。

68

V

V

顺势而为

周六晚上，李莉轻手轻脚地洗漱完回房间睡觉，她发现房门外贴的小条，上面画着一个小孩子，画着画。她不知道画的意思。

周日早上李莉正在洗漱，婆婆出来了，碎碎念好多。东子前几天来了，管她借了 1 万元钱，婆婆后来才知道，东子的妈妈只是告诉他让张强帮忙介绍工作，他没有提工作的事情，反而直接说他妈妈住院了，要管婆婆借钱看病，婆婆也来不及细想，看着东子的头发很长，脸色灰呛呛的，以为是照顾他妈妈累的。给他做了两个菜，东子吃完饭，她就把 1 万元递给了他，并嘱咐他：好好照顾你妈妈，你妈妈这一辈子不容易呀！

"后来我和你爸说了，你爸的意思是打个电话给东子妈，核实一下真实情况，后来才知道被东子给骗了，他妈妈没有病，只是让他过来送点东西，顺便让张强介绍工作。"婆婆反反复复说着。

李莉从包里拿出 1 万元给婆婆。"妈，这是我上个月回来晚，在小区里捡的，我就想如果失主来找了，我就还给他，过了这么久也没有人认领，就放在你那里保管吧，你想花就花。就当你丢钱捡钱了，持平！"

婆婆看着钱，收了起来，"丢钱的人一定和我一样很上火吧！"

"妈，我前几天在网上订了吸尘器和除螨仪，货来了，你就开个门接收一下。"李莉突然想起来。

"有你爸天天收拾家，不用吸尘器的。"婆婆好像有点心疼钱了。

"妈，结果是不一样的！吸尘器是吸灰尘的。春天风大，开窗户灰就多，床单被罩就用除螨仪吸就可以，还可以杀菌呢！"

"那我学习学习。有一个丁总昨天来了，他送来 2 万元钱，我不要，他放在门口就走了。我问他为什么要给钱，他说李总什么都知道！"婆婆突然想起这个事情来了。

"啊！妈，我知道了！钱放在你那里吧！妈，我上班去了，你告诉旺仔我最近忙，等我不忙了带他出去玩！"

"对了，我问那个丁总怎么知道咱们家地址的，他说是你们单位销售部的小秦告诉他的。李莉，你以后不能把家里地址随便告诉外人呀！"

"妈，我记住了，那我走了！"李莉匆匆忙忙地拿着饼干和牛奶出门了。

李莉在路上想，丁总为了代理的事真是煞费苦心呀！我应该通过钱总把这笔钱还给他，也证明公司要想长久，必须按规则办事。

李莉在办公室里规划着生产车间分成几个组，固定相同的人员，哪个组速度最快，质量最好，评选优秀的团队以及个人，激发每个人的能动性，同时也就把落后的个人提了出来。她心中想着，如果公司规模扩大了，没有一个好的管理模式，以后就会很累。就像现在的自己，为了将来有更多的队员加入，必须先把这些都落到实处。未来的执行总监、总会计师、销售代表、产品的代言人、公司的企业文化都不能缺呀！

李莉心想：一件没有结果的事，做是做了，但是它有什么意义呢？

像东子这样的人有很多，工作当中也会遇到很多不理想的员工，他们都有共同特点。

她拿出日记本写道：

人穷志短，马瘦毛长。

（1）跟领导斗气。

（2）跟领导抢功。

（3）不接受任何人的意见。

（4）总喜欢找借口。

（5）只讲感情，不谈规则。

（6）不愿意投入时间和精力去改变。

我要做到：既然执行了，就要付出百分百的努力去做事，一步到位交出满意的结果。

李莉放下笔，觉得此刻自己清醒又理智。

电话铃声响起，李莉拿起了电话。

"你好，请问是李莉吗？"

"是的！"

"我是市公安局的，关于赵金山骗你的钱，我们在张强同志提供的重要线索下，成功把赵金山从老挝抓捕归案，请你今天过来确认一下。"

"感谢你们！你们辛苦啦！我一会就过去！"

李莉激动不已，她赶紧告诉张强，张强开车来接她，李莉用崇拜的眼神看着张强，"老公，你怎么那么厉害呢？"

把张强弄得神色紧张起来，"我又怎么了？"

"市公安局的办案人员在电话里说是你，张强，提供了重要的线索！"

"有什么不对劲的地方吗？咱们是一家人，你受了损失，也就是我受了损失，我难道不应该全力以赴吗？有什么好奇怪的！你是不是有点被胜利冲昏头脑了！"

"你能在关键时刻帮助我，帮助警方破案，抓捕罪犯，说明你的智商要高于警察呀。这一点才是你最有魅力的地方！"

"我天天晚上看书，你也不是不知道，假设你天天晚上也看书，老婆，弄不好你比美国总统还厉害呢！"

"老公，你就谦虚吧！钱到位了，你有什么打算？"

"我没有想法，你赚钱也不容易，还是攒着吧！"

"老公，我原来是想买车的，但是我现在想买房子，付一个首付，你看怎么样？"

"先看钱多少吧。千万别把生活想得过分乐观。"

电话铃声响起，李莉慌乱地找着手机，"李总，产品太受欢迎了，继续加单！"

"钱总，好的！我给你一个电话号码，他昨天去我家时留了2万元钱，送到门口人就走了。钱总，他想做代理，但是为了咱们共同的利益我不想破坏原则，你帮我把钱还给他，你这次打钱的时候就少给我2万元，电话号码我马上发给你，他也要订货！"

"好的，李总！厚德载物！将来你的事业定会越做越大的！"

两个人客气来客气去，李莉把丁总的电话号码发了过去。

李莉和张强签过字，手里拿着被追缴回来的钱就像吃了蜜一样甜！

69

∨

∨

转变思想

张强正准备开车，突然把头转向李莉，"老婆，你天天那么忙，今天是周日，能不能休息一下，我们全家出去吃个饭，放松一下心情！"

这时李莉才意识到，自己确实好久没有休息了，如果她不回去，员工们会不会有想法呢？

沉默不语的李莉拿起电话，又放下，看着张强说："臣妾做不到，公司那么多人都在加班，最近产品销量不断上升，所有员工都在加班，我作为领导不以身作则，总觉得心里不舒服，我还要回到工作岗位上，你今天休息，要不你去公司陪我，帮帮我好不好？"

李莉迅速把嘴凑近张强的额头，亲了一口，拉了拉张强的胳膊。

张强开着车去了李莉的公司。

张强没有想到公司员工工作起来都非常投入，每个人都在埋头苦干，沉浸在自我的世界里。

张强问了李莉一句："你不会是垄断了世界吧？"

李莉没有抬头直接回了一句："世界我垄断不了，现有的产品我能保证好质量，就非常知足了！"

"老婆，你看你公司这些手工活，能不能换成现代化的机器呢？电钮一按，那边流水线就开始生产了，有一部分手工活，需要单独在一个车间完成，这样看上去又正规又现代化。我想生产产品的速度还会提升几倍！"

李莉觉得张强的话很有道理，只是自己没有想过，又觉得好像哪里有点不妥。

张强继续说："老婆，我先帮你看设备，咨询一下厂家，看看有没有这样的配套设施，如果没有，我们就和厂家直接定制，请人过来设计，一定会让你满意的。"

李莉觉得张强整个人不只是进步了一点点，而是前进了一大步，都有点把自己落下了的错觉。

张强利用李莉的电脑查找着……

李莉拿出日记本写下：

> 你要小心你的思想，它会变成你的语言；

> 你要小心你的语言，它会变成你的行动；

> 你要小心你的行动，它会变成你的习惯；

> 你要小心你的习惯，它会变成你的命运！

车间主任过来告诉李莉，这批产品会提前 5 天完工。

李莉告诉他，通知大家今天提前下班。把手里的工作做完就都回去吧。

李莉打电话给婆婆，通知她今晚不要做饭了，她和张强一会儿回去接他们去外面吃！

张强却轴在那里，还在查找着厂家。

李莉硬是拉着张强离开了公司。在回家的路上，李莉和张强商量着，"老公，我们一会儿去吃火锅呀？春天吃火锅好处多多，就去红旗街那里吃吧，虽然人多，但是那个肉和麻酱很好。"李莉说完感觉口水都流了出来。

"那就听老婆大人的！你最近太辛苦了，吃什么都不为过！"张强说出来的话，李莉觉得句句顺耳，字字在理。

全家吃了火锅，旺仔坐在李莉的身边，看着熙熙攘攘的人群，冷不丁地说："瞅瞅你们这帮素质差的，都不能自觉点。"

李莉听完蒙了，好久不见的儿子怎么能说出这种话来呢？她心里犯着嘀咕。李莉望向张强，挤了挤眼睛，示意张强看看儿子。

旺仔看着人群继续说："如果再大声说话，我就把你们的嘴都给撕了！"

张强也意识到了问题。"妈，爸，最近你们是不是经常带旺仔去市场呀？"

"对呀！天暖和了，人们都去市场溜达，尤其是老年人，就像买东西不花钱似的，有的大老远坐着公交车过来买菜。年轻人就是少，也许他们都不在乎钱，都去超市买。"

"妈，我想早点吃完饭回家看电视，最近电视里的动画片可多了，我都没有看够。"旺仔拉着妈妈的衣襟撒着娇。

"好，吃完饭我们就回家，妈妈给宝宝讲故事听。"李莉回复着旺仔。

"不嘛！我要看电视，我要看电视，你不在家，爷爷奶奶天天给我看电视，电视要比故事有意思多了。"

服务员不小心碰了一下旺仔，旺仔说："你眼睛长到上面去了，没有看到人吗？"

服务员向旺仔说："对不起！"

李莉赶紧笑着说："没事，小孩的话你别在意，谁也不是故意的！你去忙吧！"

李莉说话的时候眉头紧皱，嘴里的肉好像没有之前那么好吃了。她低着头像是在想着心事。张强看着李莉表情的微妙变化，吃起来也没有了那么好的胃口。

公公和婆婆一个劲儿地说："这个炭火锅比电火锅好多了，又快又有感觉，就是环境嘈杂了一些。"

李莉赔着笑脸说："是呀！炭火锅吃的就是速度，吃的就是口感，我们吃火锅不说话，一会儿吃完了我们在车上聊。"

吃完火锅，在回去的路上，婆婆和公公非常高兴，指着马路两边的灯笼说像是要过春节似的，好久没有来这里了……李莉好像没有听见，完全沉浸在自己的思考之中。

睡觉时，李莉的表情和平时略有不同，张强都看在眼里，张强问着李莉："你说的买房子我们还是提到日程上来吧！"

李莉惊喜地问："你同意了？"

"最好买一个文化氛围浓厚点的小区，这样可以熏陶孩子的求知欲。"

李莉觉得张强走进了自己的心里，甚至两个人在某些地方要重合了。

70

∨

∨

像英雄一样前进

"李莉，睡了吗？"宋菲发来微信试探地问。

"没呢！"李莉觉得宋菲这么晚来微信，一定是遇到了难解的问题，作为好朋友，这个时候才是检验友情的时刻。

"李莉，你每天累吗？"宋菲提问。

"说不累是假话，我已经好久，准确说记不清多久没有休息了，天刚蒙蒙亮就去公司，我回来时他们全都睡了。唯一支撑我的是，我看到了未来，我的未来不会太差。"李莉发着微信，也感觉自己慢慢地有点无力了，她觉得此时的大脑已经不受控制了。

"那你这一阶段是在爬坡，恭喜你。你找到了自己的动力火车。"

"我这一生不是来做卧底的，也不是来做陪跑运动员的，我的一生是为了寻找我存在的意义来的。"李莉打完字停顿了一下，

发了一个晚安的图片。

李莉梦中问妈妈，您累吗？在我小的时候，您受委屈的时候，您是怎么过来的呢？告诉我好吗？她又在努力地回想着，妈妈每次都是偷偷地哭，一边擦着眼泪，一边说辣椒辣得眼睛真难受！李莉懂了那只是一个善意的谎言。爸爸累不累呢？应该也累吧，爸爸和妈妈没有离婚时，周旋在两个女人之间，一边怕妈妈知道，一边怕那个女人要结婚，他是怎么走过来的呢？也许他那时的心里想着最起码我现在有两个女人吧！婆婆累不累呢？每天买菜，看孩子，收拾屋子，做饭，一面怕饭做得不合口味，一面又怕把孩子带坏了，她的心里不纠结吗？公公累不累呢？在外面工作完，回来就帮忙收拾屋子，还去接孩子，他的心中储存了多么大的委屈呀。张强不累吗？应该也累，单位里所有的事情都要想在前面，哪怕任何一个员工出现了问题，他都要挺着，不能埋怨，只能从自己身上找原因，还要想着每一个员工的利益，要调动他们的工作积极性，回到家里，要陪旺仔玩，偶尔还会为自己出出主意。宋菲累不累呢？应该也很累，虽然没有孩子，但是工作中面对每一个咨询者的问题，她都要在最短的时间内给予解决，她的能力越高，说明她心累的程度越大。她今天为什么问我累不累，应该就是她的心已经累得千疮百孔了，已经到了没有

心力再支持她伟大的理想了，谁又不是从那一个阶段走过来的呢！李莉想着自己曾经的过往，累得只有靠咖啡提神了，每天面对员工，面对客户，面对产品，哪一个环节都需要自己反复认真考虑才下决定，甚至每一句话都需要自己在脑海中确认。现在距离成功越来越近了，她感觉就像跑马拉松比赛，自己已经到了最后的冲刺阶段，胜利在向自己招手，能感觉到心跳加快，还要保持体力。做一个有责任感的人都应该是这个样子吧！那坏人累不累呢？她想着赵金山，游刃有余地游戏在别人面前，他也应该是累的，他在想着怎么骗人，怎么骗取别人的信任，他累得头发都要掉没了，他能不累吗？只是他跑偏了方向，跑向了起点，多么大的失误呀！还有赵占奎，他也是跑回了起点，他难道是累得跑不动了才往起点跑的吗？如果他坚持，继续往终点跑，也许他的前途会更好，只可惜他失去了判断力。包括那个跳楼者，如果当初他选择人生的正路，拿着回迁的钱做个小生意或者学习一门手艺，过着普通人的生活，他们的生活应该是很幸福的吧！但一切都像开弓没有回头箭一般，错了就是错了，没有后悔药可买。李莉又想到了一心想帮自己的李叔叔，决定改进产品，冒着多么大的风险呀！

李莉觉得自己特别幸运，因为每走一步都有人在身边帮自己。自己还有什么不知足的？现在的累，只是自己人生道路上必须要经历的，有的人先苦后甜，有的人先甜后苦……李莉想到自己今天难得回来这么早，为什么还会想这么多呢？是在梦里，还是在做梦前的设计呢！

李莉想到了小时候家里养的小狗，见人就汪汪叫。她想到了农民伯伯辛辛苦苦地种地。她想到了捡破烂的老头用弯曲变形的脊梁扛着重重的垃圾行走。她还想起，她小时候的梦想是长大了卖雪糕，难道卖雪糕的就没有苦恼吗？当然有，他害怕雪糕卖不了，雪糕化了，钱就赔了，他每天焦急地等待人来买雪糕，是多么可怜的一件事情呀！人人都想当官，当了官他们就不累了吗？好像更累了，怕别人不理解，怕自己的决策有失误，怕别人不遵守纪律，怕老百姓吃不上饭，怕交通运输部门出现漏洞，怕执行部门营私舞弊，怕的东西太多了……李莉怕自己再想下去这一夜睡不好，会影响明天的工作。

李莉告诉自己，活着的人都是英雄，英雄只有一条路可走，那就是前进中的阳光大道。

71

∨

∨

意 外

经过一夜的思考，周一的早上，李莉睡眠惺忪地出门到了公司，继续处理着日常工作。

快接近午饭时间，张强来了电话。"老婆，我有两个好消息！"张强的说话声充满着激动和急切。

"老公，你快说！"李莉正拿着咖啡准备回到座位上，一不小心被凳子绊了一下。然后不管张强怎么在电话里喊李莉丝毫没有回应。

张强迅速给李莉公司的车间打去电话，嘱咐车间主任去李莉办公室看看。

此时此刻的张强从单位迅速地驾车赶往李莉的公司。

张强在李莉公司的门口下车，又匆忙坐着 120 救护车陪同李莉去了医院。

躺在救护车上的李莉，听着救护车的鸣笛声，开始四处寻找着什么。她看到了张强，张强正惊慌失措地望着不停流血的手，好像无助的要崩溃。

在医院的抢救室外，张强坐立难安，来回踱着步，还在犹豫是不是应该告诉岳父。

张强内心挣扎着告诉自己，要淡定，不会有什么事情的，先不要惊动其他人，先听医生的建议。

李莉听到穿蓝大褂的医生说："需要立刻做手术，先打麻醉吧。"

麻醉师是一个年轻的女子，声音温柔，"美女，这个口子不浅呀！疼不疼？"

李莉答道："不疼！"但是感觉自己的手脚都冰冷地出着汗。她不知道自己流了多少血，因为她知道自己有晕血的毛病。从医生的话语里她知道今天自己要做手术了，虽然没有做好准备，但生活往往会出乎你的意料。

"美女，是和别人打架了还是切菜不小心伤到了呢？"医生看到患者，都会细心了解情况。

"都不是，我晕倒了，手应该是被咖啡杯划破的。"

"美女，没事的！一会儿医生给你缝合后，你就会好的，下回一定要注意安全！"麻醉师的速度很快，一边和李莉沟通着，一边打着麻药。

"有感觉吗？"麻醉师按着李莉的手问，李莉没有感觉，摇了摇头，她只感觉手和胳膊麻麻的。

麻醉师继续问："有感觉吗？"

李莉用微弱的声音说："没有感觉！"

麻醉师把她的手放下后就离开了。人没有走远，李莉能听到麻醉师在隔壁说话的声音。

"一会儿给她量量血压，我感觉她好像是低血压导致的。你再问问医生影响手术不？"随后没有了声音。

一会儿的工夫一个身穿白色大褂的小女生进来了，拿着小小的仪器在李莉另一个胳膊上操作着，李莉被眼前的单子挡住了眼角斜视的方向，她原本紧张的心回归了正常，心里告诉自己，医生正做着手术前的准备。一会就要手术了，要心态平和，不要想过程，只要知道手术很成功就可以啦！

李莉慢慢觉得浑身开始热起来。

过了一会儿，一个很帅气的年轻小伙子进来了，李莉看到了小伙子炯炯有神的大眼睛，是那么的明亮、通透，散发出迷人的气质。

"姐姐，我做手术的过程中，你有不舒服的感觉一定要和我说，记住了吗？"李莉觉得他应该是新来的医生！他认真的样子让自己觉得很踏实。

"姐姐，你怎么不说话，你难受吗？"医生又继续说，把李莉原本的想象给打乱了。

"不难受，我相信你！"李莉回复着医生。

"你是怎么受的伤？"医生追问道。

"我记不清了，我应该是晕倒后被咖啡杯划破的。"李莉解释着。

"姐姐，你的伤口很深，已经伤及了肌腱，需要缝合。没有关系的，我现在开始缝合了，已经打过麻醉，你不会疼的，放轻松，配合我就好了！"医生慢慢地说，像是哄孩子一样。

李莉感觉不到疼。她能听到铁盘子里有医生翻找仪器的声音，也有指甲刀剪断的声音。

李莉能听到男医生和他助手呼吸的声音。

时间就这样一点点地过去了。

外面有推门声，也有说话声。"请问李莉怎么样了？"李莉听出来了，是张强，也许张强等着急了。时间也许过去了很久，她已经没有心思去想，她只希望她的手能恢复正常。

"人没事，做完手术就出来了，你再稍等一会儿吧！"说话的女子语气中没有不满，也没有暴躁的怒吼。

李莉想着此时的生产车间仍在快速地赶着工，他们的产品出来了，还会像以前那样特别受欢迎，这些都是李莉能想到的。

一个医生走在年轻小伙的耳边轻轻地说道："你一会儿吃什么？是不是都饿了？"

"和你一样，你吃什么我吃什么！"年轻小伙说。李莉此刻觉得医生和普通人一样都需要吃饭，也和自己的职业一样，吃饭时间不规律。

李莉此时此刻开始思考起人生来。

"姐姐，你的手术完成了，一共缝合了三层，手的功能不会受到影响，再躺一会儿就把你推出去。你的家属都着急了！是姐夫在门口吧？"

"是的，是我爱人。"李莉回答。

医生们在隔壁房间聊着午餐。

李莉躺在床上觉得自己好像也饿了，她想起她在办公室里就因为饿了才去冲了一杯咖啡，在往回走时，自己的腿好像是撞到了凳子，然后就晕了过去。

最后见到张强，是医生在征询张强的意见："李莉有严重的低血压、低血糖、贫血，导致片刻昏迷，如果不住院治疗的话，也许还会发生类似的情况，建议她在医院观察治疗。"

张强签字同意。

李莉很不情愿，她想早点回到工作岗位。

72

∨

∨

成长中的自省

李莉住院的消息在公司传开了，所有的员工比以前更加努力了。他们认为李总之所以晕倒，完全是累的。

张强也给单位打了电话，做着工作部署。

躺在病床上的李莉，好像是被魔鬼施加了咒语，她的脾气开始暴躁易怒起来，张强也在做着自我检讨："我不应该打扰你工作，不应该给你打电话，不应该在你事业上升期让你关注健康，留你在医院接受治疗。"

这时门被李叔叔推开了，李叔叔拿着一袋子水果，坐在李莉的脚边安慰着李莉。李叔叔又提到了工作。

张强悄悄地离开了。

"叔叔要和你说一件事，原本是想今天说的，没有想到你住院了，等你出院了我再说。你呀，随你爸的脾气，真的应该改改了，张强多好的孩子呀，我在门外就听见他不停地向你道歉，如果是我，早就不理你了！身体才是革命的本钱呀！健康没有了，有再多的丰功伟绩有什么用。听我一句劝，好好地反思自己，工作上你处理得很好，家庭关系也不能不考虑呀！别把好脾气都留给了外人，不好的脾气都留给了爱你的亲人。"听完李叔叔的话，李莉羞愧得无地自容，低下了头。

李莉想起来，李叔叔原本今天要和自己说事，她很好奇，就央求李叔叔说。

"我想咱们的产品已经打开市场了，我也没有啥作用了，我年龄大了，按理我该退休了，没有你爸爸这层关系，我是说什么也不会来的，既然来了，就要尽我最大的努力，我现在培养了几个技术骨干，他们都很厉害，比我的技术还过硬，我也该闲在家里颐养天年了！"

李莉拉着李叔叔的胳膊委屈地想要掉眼泪。"铁打的营盘，流水的兵。这是规矩，关键是你已经不是过去的你了，走了任何人，公司都会正常运转，不会影响你的工作，这是我最欣慰的地方，你成长得很快，哪有一个成功者不是在跌倒几个跟头之后才牢牢站稳的？以后公司遇到什么事情了，可以去找我，我虽然要离开，但是也要等你身体恢复了，这批产品对方没有异议后才离开，这叫有始有终吧！”李叔叔一口气说了好多的话。

这让李莉觉得李叔叔比自己的爸爸更爱自己，更接近于亲爸爸的身份。

李叔叔走后，李莉向张强道歉，反省着自己。

这让张强哭笑不得，她就像小孩子一样地成长着。

住了几天院，李莉觉得自己眼睛大了、亮了，身体也有力气了，浑身都充满着能量，她去找医生申请出院。

很快张强就来接她出院了。

李莉再次回到工作岗位时，觉得自己好像不是曾经那个自己了，好像身体打满了鸡血一样，精神饱满，状态极佳。

躺在床上，李莉追问着张强：“那天你说的两个好消息都是什么呀？”

“你不问我都忘记了，我们单位的订单越来越多，我们的工资待遇都有了很大的提高，我们买房子不再是问题了。还有我在网上查到了那个和你们配套的研发商家，我把电话号码给你，你有空联系一下，这样可以提升你们的工作效率。"

李莉拉着张强的胳膊晃来晃去，让张强没有心思看书，当张强转过身来，李莉快速骑在张强身上，像骑在一匹野马上驰骋一般……

73

∨

∨

等　候

　　钱总不停地订货，产品出现了供不应求的局面，李莉想到了张强的建议，她找出电话号码联系了一下研发商家，对方很爽快地派人过来设计。

　　设备最终按照原有的计划都安置妥当了，但李莉发现人手大量不足，于是自己又和人力资源部亲自选拔新员工。

　　李莉很欣慰所有一切都朝着好的方向发展。

　　公司的一切事务也都步入正轨!

　　李莉喝着咖啡想起了宋菲，"宋总，有空我们做脸去呀？"

"哎呀，我最近特别忙，等过一段时间吧！"宋菲似乎忙得不可开交，正像之前的自己。

李莉还没有来得及回复，父亲的电话就打了过来，"我在医院，我被车撞了……"

李莉顿时傻了，又住院了，李莉心里对医院有些阴影，她能想到的人就是张强，慌慌张张地把电话打给张强，张强嘱咐她："我去就可以，你在公司等我消息！"

李莉变得焦躁不安，心里完全静不下来，她害怕去医院，面对父亲的再次入院，她开始埋怨父亲，为什么出门不加小心呢？在内心反复的矛盾冲突中，她决定马上去医院。

李领导是被救护车送到医院的。张强去到医院看见李领导，他很平静，"爸，哪里不舒服，严不严重？"

"没事！真抱歉，又给你添麻烦了！"李领导很是不好意思。

张强发现李领导的病床边还有一个女人，年龄和李领导相仿。

他看向李领导，李领导立马想起来介绍："这是你张阿姨！我的老同学。"

"张阿姨好！"张强很有礼貌地问候道。

"都怪我，你爸是为了救我才受的伤。"张阿姨说完，用胳膊擦着眼泪。

这时穿蓝大褂的护士喊着家属签字，李领导被推进了手术室。

张强才想起来给李莉打电话，此时李莉已经到了医院楼下，又问了准确的位置，匆匆忙忙跑来了。"我爸怎么被车撞的，撞的严重不，肇事司机找到没有？"李莉的声音很大，完全把心中的愤怒和怨恨都发泄出来了。

张强示意李莉小点声，又看看张阿姨，介绍着。

张阿姨想说什么，被张强一个眼神给制止住了。

张强能理解李莉的激动心情，他安慰着李莉："没有大碍，我们耐心等待一会儿。等爸爸恢复好了，有的是时间给你说来龙去脉，你在医院里大喊大叫真的不好。"

李莉想到自己的手伤了，张强紧张得够呛，在抢救室门口还推了门，还问了情况，为什么岳父受伤，他就没有那么着急，李莉心里开始想着问题的严重性。

张阿姨走了过来，"你就是李莉吧，总听你爸提起你。你爸是因为救我才被车撞了，你要怪就怪我吧！"此时的张阿姨没有了眼泪，显而易见张阿姨是做好了心理准备的。

"你！是你！怎么是你？"李莉一连串的疑问让李莉真的控制不住情绪，她哭的声音更大了。

张强拉着李莉向走廊走了过去。

"凭啥呀？"李莉心中好多的疑问，她想当面问清楚。

"老婆，你的心情我理解，爸伤得真的不是特别严重，只是脸上和胳膊上有些出血，好像是肩肘附近出现了问题，没有生命危险，你再继续闹下去，解决不了问题，如果爸爸出来，他都不怨张阿姨，你这样做是不是把他们的关系弄得复杂了呢？"张强边解释边擦着李莉的泪水，又给了她一个大大的拥抱才缓解了李莉的激动心情。

心情平复下来的李莉问张强："我刚才的样子很吓人吧？"说完又有点委屈地要落泪。

张强哄着李莉："不吓人，只是有点失态，这么大一个老总，怎么能遇到问题就是哭哭啼啼的呢？你应该先看看情况才能说对错，如果先说对错，最后的结果相反，就会不好收场，记住了吗？"张强再次拥抱了李莉。

"我怎么一遇到事情就变成小孩子了呢？"李莉反省着自己，也听懂了张强的意思，成长就是用谨慎的态度去面对任何事情。

张强拉着李莉回到张阿姨的身边。

三个人在手术室外静静地等候着……

74

∨

∨

处 理

李莉的电话铃响起，"钱总打来的电话。"李莉向张强解释着。

"如果有重要的事情，你就去，不要惦记这里，去吧。"张强迅速表态，他懂得，李莉的事业刚刚步入正轨，她真的需要认真走好每一步。

"……对方真的需要马上就来公司看产品吗？不能往后推一推吗？"李莉试探地问着。

钱总在电话里声音很大，"李总，人家诚心诚意的过来就是为了看货、订货，你竟然把客户往外推，你不是疯了吧？"钱总怎么也不会想到李莉此时在医院，在钱总的心中，他认为商人都应该先想到利益。

张强推着李莉，把她送进电梯，同时把车钥匙放到了李莉的手里，并告诉她停车的位置。最后一句话，李莉听得断断续续，电梯中的人笑着说："好像是告诉你，有他，请放心！""好像是我能处理好问题！""好像是不用你过来了！"

李莉的泪水再次夺眶而出，她心中明白，既然走上了创业之路，任何事情都有可能发生，没有自己想象的结果，只有现实。李莉记得很清楚，她和李叔叔第一次见面时，李叔叔告诉她，只有把有限的精力投入到无限的工作之中，你才能做好事业！

看了产品后对方很满意，李莉看了一眼时间，立马安排了晚上的宴请。

酒桌上，只有李莉是强颜欢笑的，她的心里还惦记着在医院的父亲，但是如果不设宴款待，那对来访的客户，又怎么招待呢？她觉得自己的所作所为都是按照张强交代自己的去做的，她觉得自己正慢慢地按照张强的思维行事，他们好像是一个人，她懂他，他懂她。

李莉喝了一点酒，但很清醒，宴请结束后把客户安排住进酒店。

李莉乘出租车迅速赶往医院，车留在了酒店门口。

李莉给张强打电话："我现在去医院，爸怎么样了，你们还在手术室门口吗？"

张强很心疼李莉，因为他听出李莉喝了酒，车外呼呼的风声证明李莉还很理智，没有酒后驾驶。他告诉李莉："六楼，右手最里面，618 病房。"

在医院的电梯口，张强给李莉一个大大的拥抱，他觉得李莉真长大了，不用自己操心了。

"走，老公，看爸去！"李莉拉着张强的胳膊往病房走去。

李领导并没有像李莉想的那么严重，也许是刚出手术室，李领导的眼睛始终闭着。

张强解释道："是个小手术，但是打了钢钉，现在也许是适应期，麻醉药已经过了，这是最难熬的阶段，你不要多说话，要不你先回家吧！我在这里，你放心！"

李莉想说什么，但是都被压在了心底。

张阿姨慢声细语地说:"还是我在这里吧,李莉也喝了不少酒,你们一起回去吧!这几天你们没有什么事情就不要往医院跑了,我一个人可以的!"张阿姨说得很真诚,他们觉得张阿姨和李领导真的不只是老同学的关系,也不好再互相推让。

张强和李莉向张阿姨表示感谢后离去了。

他们在回家的路上还在想着李领导到底是怎么救张阿姨被车撞的。

75

∨

∨

介绍对象

早上，李莉到了公司，想到昨天晚上的情况还没有向钱总反馈，就把电话拨了过去。"钱总，昨天来的客户说他们要订货，我让他们联系你！"

"哎呀，李总，我们怎么都想到了一起，我正要给你打电话，你就打了过来。他们已经把货订了，货款也打过来了，我还要感谢你能盛情款待他们，他们特别满意。夸你很有能力呀！都看不出来，你年龄不大，想得挺周全，公司现代化生产流程都超出了国内的其他厂家，他们想长期合作下去，李总你的为人我是知道的，你不能为了事业把身体累垮了啊，这样可不行呀！"

"钱总，你这话就说远了，我们不都是一个命运共同体嘛！千万不要说客气话。我累倒了吗？"李莉连忙说。

"是呀，我听小雨说的，我估计他是听李小颖说的。身体是革命的本钱呀！我想给你打电话顺便说一下，我二哥的儿子钱全雨下午过去给你送人参、鹿茸，他会告诉你怎么泡酒，这个喝了之后，你们全家的身体都会棒棒的！我就常年喝这个药酒，时间久了，又保健又上瘾。"

"钱总，我平时不喝酒的，您就别客气啦！心意我领了！"李莉很快就把话递了过去。

"我二哥的儿子钱全雨还没有对象呢，你不记得我和你说过了吗？他家就是在长白路做参茸生意最大的那家，他过去看你，不带点东西也不好吧，该拿就得拿，人之常情嘛！还要感谢你帮忙介绍对象呢！"

"啊！钱总，你不说我都忘了，钱小雨、钱全雨，两个人的名字都有雨呀，一看你们家就是经商的，钱就像雨点那么多，能不富吗？"李莉幽默地说着。

"我们钱家有家谱，他们那一辈后面都是雨字，中间填字，我大哥给儿子起名时直接填了个小字，我二哥就填不上了，后来找人起的名字，据说还有说道，花了200元。那孩子长得精神、直溜，脑子又活，你就费心啦，下午见到了你就给他介绍吧，我们全家都相信你。"

李莉客气过后，撂下电话，心里开始琢磨，是欣欣还是泓泓合适呢？

"老公，钱总的侄子在长白路经营参茸生意，我想今晚约欣欣和泓泓一起见个面，让他们看看眼缘，如果有缘了，选择哪一个我觉得都可以。你的意思呢？"李莉征求张强的意见。

"老婆，人我给你约去，其他的我们就点到为止，我觉得成不成以后我们都不尴尬，你看怎么样？"张强也把他的想法说给李莉参考。

"那就这么定了，晚上6点桂林路经常去的那家烤鱼店见。"李莉说。

"哎呀，别人喜不喜欢吃烤鱼还不一定呢？我觉得你的想法也对，吃是小事，介绍对象是大事，就这么定了。么么哒！"

"么么哒！"

钱全雨下午过来时穿了一件白色鳄鱼图案的T恤衫。李莉特意看了一下，鳄鱼头朝外，法国的牌子。

深色的牛仔长裤让钱全雨的大长腿显得又长又直。白白的皮肤紧致又光滑，乌黑的眼睛把五官映衬得精致又可爱。一笑就露出来的小虎牙，在酒窝的配合下让李莉看着就想笑，很有喜庆感。

钱全雨介绍着如何泡药酒和药酒的功效。

李莉看时间很充裕，亲自带钱全雨看了生产车间的流水作业，他们一前一后地走着，李莉突然想起来他的背影特别像韩政罡，"韩政罡和你是什么关系？"

"李总，那是我表哥，我姑姑的儿子，你是怎么认识他的？"钱全雨很意外，觉得李总似乎对自己的家族很是了解。

"啊！我看你们有点像，我就问一问，不熟，只是认识，听说生意做得很大。"

"我表哥那可不是一般人物，留过学，人聪明，上学时学习就好，人还稳重，做生意方面我可不是他的对手。"钱全雨忙说自己和表哥之间有差距。

"时间差不多了，咱们是去办公室喝点咖啡，还是现在就过去？那里不好停车。"李莉想到了晚上 6 点的约会。

"那咱们现在就过去吧，第一次见面最好不要迟到，留个好印象很重要。"

"不好意思，我没有车，不知道你是否开车来的？"李莉突然间想起她没开车，又有点不好意思。

"我开车来的，您就坐我的车吧！"钱全雨很有礼貌地说着。

李莉坐在副驾驶位上，她觉得钱全雨的车很霸气，似乎有点像坐路虎揽胜的感觉。车里有淡淡的香味，车上放着钢琴曲。李莉仔细观察了一下钱全雨开车的样子，应该是老司机，腰间和颈椎成了一条直线，手随意地放着，轻松又娴熟的驾驶技术让李莉感觉特别有安全感，不由放松起来。

张强带着两个美女早已经到了，看见他们进来，两个美女的嘴，顿时都不由自主地张开了，有点夸张的表情，像是见到了明星，李莉心想，如果此时韩政罡出现在这里，这两个美女会不会发出尖叫声呢？她觉得今天的结果一定会很圆满，原因是她也偷偷看了钱全雨的表情，完全是发自内心的笑容，她觉得自己真是红娘，最起码钱小雨、韩政罡、钱全雨三个大小伙她都操过心。

简短的互相介绍后，李莉就给坐在一边一言不发的张强了使个眼色，他们找了一个借口就走了，他们期待着在这中间会有一对完美的恋人出现。

坐在车上，李莉说去医院，张强也说去医院。他们四目相望，心中流过一股暖流，慢慢地两颗心靠得更近，似乎有点分不开了。

76

∨

∨

将要实现梦想

病房内，张阿姨正在给李领导擦脸，特别耐心细致，一下一下轻柔地擦着。李领导的伤处在脸上和肩肘部，张阿姨也许内心愧疚，不想让李领导脸上留下任何疤痕吧。

张强和李莉在病房待了很久，李领导也没有说几句话，大致就是：你们吃饭了吧？孩子是亲家在家看着吧？你们不用担心我！我没事！

张强想让张阿姨回家休息，他今晚留在医院陪护。

"不用你们了，你们忙，我留下就可以了，再说我退休了，在家也是待着，陪陪你爸，聊聊天，我们一会儿就睡觉，他在床上，我在他的脚下睡。"张阿姨还顺手指了指李领导的脚下。

"那辛苦张阿姨了！如果您累了别客气，给我打电话，我过来，您好好休息，您年龄大了，别再把自己累坏了，我们作为晚辈就该不好意思啦！"张强诚恳地说。

"回去吧！你们也早点休息！"张阿姨仍然在给李领导擦着脸。

"我有话对你们说。如果这次有了意外，我也就不说了。既然我没事，就趁你俩今天都在说一下我的想法，你们有意见也好，先听我说。等伤好了，我就回单位办理提前退休，和你张阿姨领证结婚，张阿姨也还没有和她儿子说呢，但是我们都心意相通，等我退休了，我们就去旅游。"李领导说完这番话，李莉和张强出奇得平静，他们在路上就把各种结果都想过一遍了，唯一的想法就是支持！

看着两个孩子没有反对，李领导有点兴奋了，想要坐起来，李莉很是生气，瞪着李领导说："这都病着呢，还起来，万一抻到了伤口怎么办？"

张阿姨这时已经走到了李领导的胳膊附近，轻轻按摩着，问李领导："是不是伤口在愈合，痒不痒，我帮你挠挠。"

李莉和张强对视一眼悄悄地离开了，在路上他们笑得合不拢嘴。

第二天宋菲给李莉打电话，李莉很是意外，"平时都是微信，今天打电话，说明有好事要告诉我呀！是不是快要结婚了？"

"哈哈，是呀！等着你随份子钱呢！你的红包一定要大，因为我是你师傅，还有一个事情，我们准备买一套婚房，想在南三环附近买，你觉得如何？"

"房子怎么样呀？新娘子。"

"考虑到孩子将来上学，我们准备在南三环附近买，要大一点的，就考虑了联排别墅，你有没有想法，我们将来做邻居呀？"

李莉动心了，因为她也想买房子，"联排别墅？"

"对呀！我看着很好，有空你也去看看吧，我们争取做邻居，好邻居，一生一世的好邻居。"宋菲不停地强调着。

李莉忙说："韩政罡真的好有钱呀！对了，你们首付多少钱呀？将来的装修多少钱呀？物业费多少钱呀？停车位多少钱呀？"

宋菲道："这事你好像问错人了，应该问韩政罡！哈哈哈！"

李莉觉得宋菲此时笑出了杀猪的动静。

她们调侃一通后挂断了电话。

李莉的心似乎已经长了草，已经种下了买联排别墅的小苗，那棵小苗在心里生根发芽，她有点控制不住自己的想法了，晚上躺在床上，她缠着张强去看房子，他们在偷偷地计算着钱。

"早点休息吧！"婆婆看他们的屋子还亮着灯，敲了敲门，提醒着。

"先别告诉妈和爸，我们明天抽空去看看，问好宋菲相中的是哪一套房子。"

李莉趴在被窝里，挠着张强的脚心说："我都记住了，就怕你忘咯！"

"哈哈，谁忘了谁就是小狗，拉钩上吊一百年不许变！"

不知不觉中两个人都睡着了，李莉梦中好像看到了宋菲的房子，房子中有像《卖火柴的小女孩》中一样的烤炉，房子高高的举架下，有一个大大的金碧辉煌的吸顶灯，就像公主的裙摆一样，长长的，亮亮的，透透的，闪闪的……

77

V

V

实现梦想

第二天，李莉还在等钱总传过来的消息。

"老婆，你猜他选择欣欣还是泓泓？"

"你快说，我不知道！"李莉有点抓狂了，觉得好折磨人，就想赶快听到结果。

昨天晚上钱全雨就给欣欣发了一条微信，"你真的很可爱，希望下次还能遇见你！"张强说。

"哎呀呀！这小伙子太有心计了，如果是我早就蒙了。"

"看来你以后还有一件事啦！"张强嬉笑着说。

李莉想了好半天，也没有想到还有什么事情需要自己，"啥事呀？"

"泓泓呀！欣欣有了对象，条件那么好，对于泓泓来讲，是多么大的伤害呀！你已经起头了，就要收好尾！"张强好像把心里的大锅盖终于扣在了李莉的头上，说完就挂断了电话。

"不至于吧！三个小伙子都有了对象了呀！"李莉带着哭腔自言自语道，把心中的全部人选倒了出来，去哪里找一个呢？她在努力想着。此时她更惦记宋菲的联排别墅。

"新娘子，中午有空没有？陪我和张强去看看你的联排别墅。"李莉发微信问宋菲。

"我今天中午预约了咨询者，韩政罡有空，我给他打电话。"

"我和韩政罡约好了，他中午12点在别墅等你们，你们有问题都可以问他。地址是……"

李莉像一个传话筒，又和张强说了一遍。

张强第一次见到韩政罡，好像有很大的差距，韩政罡说话很稳重，"您看那个洗手间位置很大，可以放一个浴缸。我们准备在那里做一个吧台，在那里挂上一张欧式复古风格的山水画，那里我考虑到方向和位置适合放中式的雅韵家具……"

张强原本是想问问首付是多少，他听韩政罡的意思，应该是全款，对于他和李莉来讲，付个首付款还差不多，装修也是简简单单。他在内心感到有点自卑，说话的声音小了，额头上也随天气的影响，渗出了一点点的汗珠。他心中盘算着地段，附近有学校，又有大的商场以及配套设施，这样下来，好像自己真的能力有限呀！越想额头上的汗珠越往下滑落，旁边的李莉看在眼里。

　　"韩总是否认识开发商的老板，你买这套房子是全款还是分期呀？"李莉想着如何能更省钱。

　　"我是全款，认识开发商的老板，全款 9 折，省了 30 万元吧，正好把省下来的钱都用在装修上了，另外再增加 30 万元装修，我觉得采光房也可以变成小花园的设计。"

　　"噢，我也觉得那样会更好。"李莉忙做着结束语。

　　李莉和张强走了，留下韩政罡等装修队过来。

　　在回去的路上，李莉算着全款，她有点算不明白了，张强很是惋惜地说："你跟我受苦了，如果嫁给韩总那样的人，你也会住别墅呀！"

　　"老公，你尽说一些没有用的！我在想首付款。"李莉声音有点高了，正好提醒了张强。

"我算了一下，他全款是 300 万元，首付 30% 的话，120万元应该够首付以及入住费用，咱就简单装修，你要浴缸吗？你喜欢他说的墙画还是壁画吗？中式的还是西式的？"张强在努力回忆着韩政罡的话。

"如果按预期目标，加起来应该是够的，老公你就说你相中这套房子没有？我注重的是结果！"李莉边说边撒娇，声音拉得好长好长，让张强觉得有点刺耳，他能感觉到李莉十分希望在那买房。

"那里的环境和氛围真的还蛮不错的，我也很喜欢！"张强此话一说出口，立马就把李莉激动得差点从天窗蹿出来。

李莉心里不光有对房子的满意，还有一点，她感觉自己努力工作，张强也很努力，为什么现实总是和他们的期望差距很大呢！而韩政罡他们为什么就可以轻轻松松地付全款呢？

在车上她毫不保留地说给张强听，张强提醒她："你别忘了他们都是富二代，你不是说宋菲父母是经营饭店的吗？多年的老店，原始经济积累那得多雄厚呀！韩政罡父母也是经商的，老鼠的儿子都会打洞，我们靠的是自己，所以我们要比他们更努力才行！这样我们的儿子将来也是富二代了。"

哈哈哈！

"那这套房子我们就买下了，付个首付，激励一下我们这两个穷一代。"李莉特意强调着穷一代，因为这一路走来，他们记得自己有多么的努力。

哈哈哈，两人大笑着。

张强做了铿锵有力的总结："对！我们靠努力奋斗实现了梦想！"

78

∨

∨

婚姻背后

晚上李莉告诉婆婆她亲自下厨。做了好多的菜，婆婆和公公觉得很是奇怪，下班回家做饭的李莉，脸上的笑容像绽放的花朵，说起话来如蜜般甜，动作娴熟的头发都跟着一颤颤地。眼睛弯弯地向上翘着的，就像两道弯弯的明月。

婆婆也被感染得脸上笑容多了起来，陪着李莉聊着天，忙乎着。

"你今天公司的订单接得多？"婆婆有点不死心，想问个究竟，因为什么事她都不瞒着李莉，她认为李莉也不会瞒着她的。

李莉下意识地停顿了一下，片刻又恢复了正常。

"是的，妈，公司效益越来越好了，多亏你和爸在家给我们做后盾呀！"

"公司效益好，我听着就高兴。"婆婆的脸上也堆成了花。

"妈，这三道鳞鱼你喜欢什么口味的，红烧、糖醋，还是?"

"我随意，张强喜欢吃甜口的，你就随便做吧，做啥样就吃啥样。"婆婆停顿了一下，反问道："你啥时会这么多做法了?"

"我看你们都喜欢吃鱼，三道鳞鱼刺又少，我就学了学，很简单的。"李莉欢快地说着。

"妈，你帮我给张强打个电话呗，告诉他早点回家吃饭，我们都等他开席。"

"好，我这就去。"

晚上全家吃着饭，喝着酒，好像好久都没有这么尽兴了。

晚饭后，李莉收拾桌子，婆婆刷碗，张强陪着旺仔玩，张老汉擦地。

婆婆的电话突然响了，"这么晚谁打来的电话？"张老汉抬头看着老伴，嘀咕着。

原来是东子妈请他们帮忙，东子把人给打了，被打的人住医院了，都是东子妈花的钱，东子仍不知道悔改，还要出去找被打的同伙。

李莉问："他们家住在哪里呀？我们到底该不该帮这个忙？"

"他们家在附近租的房子，其实他们在附近租房子就是为了离我们近些，走动起来方便，现在东子妈无依无靠，她只能求咱们了，如果我们不帮她，她真的不知道该怎么办了。要怪就怪年轻时考虑得少，没有要孩子的抚养权，孩子小的时候不管教，大了真的晚了。"婆婆惋惜地叹了长长一口气。

李莉望着张强，张强低头思索着。

"妈，那我们都过去看看吧！"张强终于把他的想法说了出来。

面对东子，东子妈的眼睛哭红了、哭肿了，好像此时东子妈除了哭，没有任何办法。

倔强的东子满脸狰狞的表情，他说做好了一命顶一命的准备了。身边一个和旺仔一样大小的男孩也在无助地哭着。

李莉心想：如果东子真的以一命顶一命，他想过他的妈妈和孩子吗？

张强拉着东子进了卧室做最后一次谈判，不管结果如何，他希望东子对自己做的决定不要后悔。

婆婆和东子妈坐在一起，东子妈终于控制不住了，抱怨像洪水一样倾泻出来。

李莉在旁边抱着旺仔听着，大致就是：这个家都毁在东子爸身上，耳根软听婆婆的话，把自己的小家毁没有了，又把孩子、孙子也给毁了。

张老汉坐在椅子上埋着头思考着什么。

不知道过了多久，东子的儿子趴在奶奶身边睡着了，东子妈也渐渐平复了心情，从柜子里拿出来 1 万元钱，递给了婆婆。婆婆意思是现在不缺钱，让他们拿着用，等宽裕了再还。东子妈解释说，这么多年自己省吃俭用积攒了一些钱，就是给儿子和孙子留的。

　　东子出来送张强一家，全家到家已经半夜 12 点了，李莉这天晚上睡得有点不踏实，她心中挥之不去的是嫁对人太重要了，男人没有责任感，遇事没有正确的判断，这样的家庭太危险了。她又感觉自己很幸运，遇到了像张强这样有责任感的男人。

　　上班的路上，李莉追问张强是如何说服东子的。张强想了半天说想不起来了，但是他懂得一个道理：同样的石头，经过反复雕琢加工的石头就会成为佛像，受人尊重。如果没有经过加工，也许将来就是一块石头，任人践踏和唾弃。

　　李莉用崇拜的眼神看了张强好久，她明白了，张强的成功不光是因为张强的运气好，还有他的德行让他走得更稳。

79

∨

∨

关系处理

　　李莉的工作变得越来越简单，她只要管好执行总监就可以，有什么事情直接交代给总监，总监就会去执行。

　　李莉又想到了约宋菲去做脸，宋菲因为工作太忙，没有办法一同前往。

　　李莉正想着是先去做头发还是先去做脸，张强来了一条微信：欣欣有事找你，你加她微信。

　　"莉莉姐，那个钱全雨开始我对他的印象挺好的，现在交往久了，他总说黄段子，我受不了，我该怎么办？我又没有人可以倾诉，我要崩溃了！"李莉看着这些文字，觉得头皮阵阵发麻。她是不是应该通过钱总解决这个问题呢？如果换成自己，自己会怎么做呢？她认真想着。

"欣欣，你应该表明你的态度，如果他执意如此，你要想好，他长得再帅，他家里再有钱，你都会没有安全感，我们的目的是找一个人过一辈子，一生都可以呵护自己，现在刚认识就把狐狸尾巴露了出来，你要做好思想准备，他以后也会和别人说，你能接受得了吗？我的想法是，你就问他，如果你再这样讲下去，就不要联系我，我不想听，我需要的男朋友是一个尊重我的人，假如他再也不联系你了，恭喜你，你识别了一个渣男，如果他所有的语言和行为都收敛了，你还要继续观察他的人品。千万不要忘了，人和人交往始于颜值，终于人品。"

欣欣发了一个开心的表情。

下午李莉打电话给婆婆说晚上她下厨，婆婆就是不同意。

晚上吃饭的时候，张老汉主动提出来，以后旺仔上幼儿园由他负责接送。

对于突如其来的改变，张强和李莉都愣住了。

张老汉主动改变的原因是昨天看到东子的行为，他认为完全是因为东子爸的不作为导致整个家庭的不幸。娶了媳妇不尊重媳妇，生了孩子不管孩子，父母参与自己的家庭生活又没有正确的态度，一个好好的家被他的不负责任给破坏了，影响到了孩子的命运，让孙子那么可怜。张老汉说着说着眼泪就掉了下来，仿佛东子的爸爸就是他一样，也许他年轻的时候从来没有像今天这样清醒吧，他能看到男人在家庭中的重要性，又能看到不负责任带给每一个人的伤害。

这一番话说完，全家人都沉默了，旺仔拿着纸巾给爷爷奶奶。

李莉心想：如果没有东子的事情，也许公公婆婆都不会代入自己的身份。

"男人如果操纵不了一个盘，最好就不要下棋，因为他的一言一行会影响全盘的输赢。"张强接着又说，"爸，妈，我们前几天买了一套房子，原本想保密，现在我想说出来，我们不是嫌弃你们，我们一方面是为了孩子上学，另一方面也想做一个合格的父母，不给今生留遗憾。"

婆婆哭出了声音，李莉和旺仔在一旁劝着。

"人早早晚晚都要接受现实，我就想在自己该努力的时候不选择安逸，多为这个家付出和奋斗。做好孩子的榜样！"张强依然解释着，"爸，妈，这个房子你们住着，你们的年龄也大了，该享享清福了，过过自己想要过的日子，哪怕去看看世界，对于自己的未来你们现在也是最年轻的一天。"

李莉也在劝婆婆："妈，你每天做的饭菜非常可口又美味，我也需要成长，所以呢，在我们没有搬走之前，我每天回来做晚饭，一方面是锻炼，一方面有不足的地方，你要多指点指点。"

张老汉回过头，拍了拍老伴说："孩子们真的大了，咱们不应该再束缚他们的翅膀了，应该让他们自由飞翔，更好地成长！"

"那我还有啥用！"婆婆依然抹着眼泪。

"老婆子，我们可以天天去广场走走，参加一下老年人的活动，这样才能有好的身体，不给儿女添负担，还有一句话不要忘了，远了香，近了殃，对门合户不搭腔！我们应该和他们保持距离，这样以后再次见面会更亲切。"

李莉开始收拾桌子，婆婆又去刷碗，张强陪着孩子，张老汉擦地。

"最近你们辛苦，我就站好最后一班岗，天天接送旺仔吧！"

李莉也对婆婆说："妈，以后我买菜做晚饭，做得不好的地方您一定要指正。"

张强和李莉从这晚开始养成了陪父母看电视的习惯，他们感觉好像又重新认识了自己，又重新审视自己和父母的关系。

晚上躺在床上，李莉和张强开始商量房子的装修设计。

80

∨

∨

出　招

张强和李莉带着装修效果图和一家装修公司签订了合同。

李莉发现自己真的闲不下来，总监管着一切，她还是觉得缺点什么。

吃午饭的时候，李小颖坐在李莉的对面，看着李莉，有话想说又不好意思说，整得自己满脸通红。

李莉看着她，问："对象处的出了问题？"

李小颖开始时点点头，后来又摇摇头。

李莉直接告诉她："恋爱是分阶段的。刚开始两个人总想见面，后来就开始关注对方的想法和自己的想法是否一样，检验对方的人品，琢磨对方的想法为什么和自己不同，刚开始可以忍着，时间久了就忍不了，这很正常，是磨合期。然后两个人开始各自发展事业，做好自己，彼此互相激励，就像一方到达了终点，一方还在路上前行，这中间最容易出现问题，似乎觉得若即若离，其实也证明了自己是独立的个体，不能依附他人。这个阶段过去了应该就没有什么问题了。我总结的是婚前经验。"

李小颖的眼睛转了转，偷偷傻笑起来。

李莉吃着饭，突然间补充了一句："要多沟通，多关心，还要把对方惹怒一次，看看他的承受力！"

李小颖听到"惹怒"二字，险些把嘴里面的饭喷了出去。在自己的认知里，这是任何人都没有告诉过自己的。

李莉看着李小颖呆若木鸡的样子说："他爱你是暂时的，还是爱你一辈子，从他的生气就能看出来，如果他真的生气了，不理你了，你祈求得来的爱能稳定吗？如果他真的爱你，会时时刻刻注意你的感受，你发脾气后，他才会认真地审视你们之间的关系，如果他接受了，就能接受你一辈子，说明他有包容心和意志力。现在有的年轻人婚前藏着掖着，一次争吵就把两个人的毛病露了出来，他们再去离婚，这才叫得不偿失。如果他始终对你很好，你去惹怒他，那就是欺负老实人了。我嘱咐你的，是他不注意你的感受时你要爆发的脾气。"李莉说完继续吃起饭来。

李小颖才感觉到自己恋爱经验太少了。

李莉下午按照李领导的指示，办了出院手续，把李领导和张阿姨送回了家。

李领导刚躺下，张阿姨就过来给他擦脸擦手，李莉想去下楼买点菜，回来给李领导做，让张阿姨给制止了，"你那么忙，不用你做，你回去早点休息。我们聊聊天，我就把饭做了。"李领导也微笑着点点头。

李莉这才发现，自从有了张阿姨，李领导脸上的笑容多了。"你也休息一会儿，我不饿！"李领导对忙着的张阿姨小声说。

李莉很知趣地回家了。

买菜做晚饭成了李莉每天最开心、最有成就的事情，她看着家人高高兴兴围坐一起吃饭，觉得这才是最充实的生活。

晚上张强和李莉聊着白天发生的事情，张强说："你不应该告诉李小颖惹怒人，你说的不对，你知道你上次和那个赵骗子在一起吃饭不接我电话，我多么着急吗？"张强说完就不理李莉了，不管李莉怎么哄张强，张强也不说话，直接用被子裹住自己的头。

李莉用手摸着张强的后背觉得潮潮的，她大声说了一句："明天我就告诉李小颖我说的不对，不能欺负老实人。"

李莉说完转过身去，张强拿下棉被，又开始哄李莉。

李莉暗自偷笑，冷不丁地来一个出其不意的大招，用手挠张强的胳肢窝。

两个人盖着被哈哈哈笑了起来！

81

∨

∨

灾　难

李莉正喝着咖啡，宋菲发过来语音：她昨天晚上加班回家，看到一楼的电梯口全是血，把她吓得赶紧顺着楼梯往上跑，家门口也有血。今天早上上班看到了楼下的大妈，才知道邻居家的一对母女动了刀，互相砍杀起来……

把李莉听得毛骨悚然，让她先别讲了，分析分析母女为何如此凶残。

宋菲继续说：邻居家妈妈因爸爸出轨离婚，独自一个人抚养孩子，她经常把不满情绪发泄在孩子身上，久而久之，她就形成了受害者身份，觉得所有人都是来欺负她的，思想的接纳度越来低，不准许自己犯错误，也不允许女儿犯错误。女儿大了，谈了恋爱，男方给女儿买了房子，母女搬进去住，处了3年，男方就是不结婚，慢慢地男方远离了女孩子，后来才知道男方有了新的女朋友，当她把这些说给妈妈听时，妈妈说她没有魅力！女儿和妈妈说着说着就发生了争执。她们的认知水平不同，妈妈没有被爱过，所以也不会爱女儿，没有安全感的女儿平时只会对男孩子发脾气，是妈妈不良情绪的延伸。

"如果她们早早意识到这些，会不会不是这样的结局呢？"李莉忙追问道。

"当然不会了。孩子到了一定的年龄就应该和父母脱离情感依赖，学会自我成长，学会如何与人交往，并不是事事对父母言听计从，导致事情一发不可收拾。"宋菲回答道。

"宋菲，什么是精神伴侣？"

"我说的他懂，我没有说的他也懂。也就是男方和女方都把对方当成朋友、情人、爱人。"

宋菲说韩总来电话，就把电话挂断了。

李莉喝着咖啡突然想起今天该如何和李小颖说不应该惹怒对方呢？

吃午饭时李莉主动坐在了李小颖的对面。李小颖打量了李莉一番，心想也许是自己哪里做得不对，李总要批评自己。

"小颖，昨天我和我爱人说了我的观点，他认为不对，我后来想想我说的也许真的不对。你要对自己负责，别人不专业的话千万不要全盘吸收，要把话揉碎了再根据自己的切身感受去具体对待。我认为生活中男人把女人当成朋友、情人、妻子，这样两者之间才是爱情，其他的经不起考验。"李莉说完深深地吸了口气，感觉自己没有误人子弟。

"感谢李总的教导，昨天我还在想怎么和钱小雨沟通，他就来电话了，告诉我最近他很忙，忽略了我的感受，他想这个周末带我出去玩呢！"李小颖的眼睛在绯红脸庞的映衬下显得更加灵动。

"那真是太好了，说明钱小雨对你的感情是真挚的，他是可以托付的男人呀！"李莉说完低着头开始吃起饭来。她心想，如果遇到对的人，不用说对方就会懂呀！

准备午睡的李莉接到了她姨的电话，要借她的中国银行贵宾卡，这样去银行可以节约时间。

李莉在楼下见到了姨，有陌生，有激动，又有伤感，好多年没有看到妈妈，一看到姨，就会想到妈妈，心情和表情都变得拘谨起来。姨客气地说："一会儿就还回来，真羡慕你们用脑袋挣钱的人。"

李莉觉得这句话很突兀，发微信问张强："你认为你是靠什么挣钱的？"

张强很快回复了她，"技术！"

李莉又去问宋菲，"你靠什么挣钱的？"

宋菲秒回，"我靠认知。"

李莉立马愣住了，接着发微信，"你的认知是什么样子的？"

"我是判断认知的，有的人认为买了保险，眼睛就不用看车，我就告诉他，这样做是不对的。有的人认为自己老了，别人不老，那是化妆品的功效，我会告诉她那是别人暗自下了功夫。"

李莉发了一个大大的赞。她接到了一条短信，有 10 万元现金到账。她仔细看了看，是 10 万元，是刚才姨拿走的那张卡。

怎么回事呢？李莉猜想是姨弄错了还是妈妈给自己的钱呢？

李莉赶紧登录信箱，里面果真有一封妈妈发来的信件。

亲爱的女儿：

我听说你买了新房子，妈妈很是高兴，给你 10 万元赞助费，希望你每天都开心快乐！

爱你的妈妈

李莉瞬间泪眼蒙眬，她想到妈妈远隔千里心中仍然惦记着自己。

当姨还回银行卡时，依然没有透露这个秘密。

晚上吃饭时，婆婆拿出来一个存折，另外一张纸上写着密码。

张强先是一愣，看着李莉的淡然劲儿，他能想到的就是李莉管他妈借钱了。

婆婆很从容地对李莉说："今天上午在超市碰到了你姨，我很开心，一不小心就把你们买房子的事情说了出来，你姨就和我商量，觉得你们搬出去肯定需要钱，就准备把这个消息告诉你妈，我们彼此就留了电话，商量两家都拿出一笔钱赞助你们买新房子。这个存折上的钱也是 10 万元。"

李莉好像才缓过劲儿来，呜呜哭了起来。

82

∨

∨

惦 记

张强和李莉陪着父母看了一会儿电视，因为一个镜头，大家争论了半天，慢慢夜已深，都回房间睡觉了。

李莉依偎在张强的怀里商量着："老公这 20 万元，我们如何安排呢？"

"老婆，给你买一辆车吧？"

"买了车，保险和折旧不算，停车位和停车费一年的费用也不少。"

"老婆，你要把目光放远点，有了车可以代步，出门办事效率更高。"

"我不想买车，我想出去旅游，父母年龄大了，孩子又要上小学了，我们一同出去旅游吧？"

张强想着李莉的工作压力大，真的需要换一个环境改变一下心情。"去哪里呀？"

"老公，你忘记了，我们上次说好去台湾的嘛。"

"读万卷书，行万里路，这是一个人一生的梦想。那等放假我们就去！"

李莉紧紧抱着张强的胳膊，觉得特别有安全感，趴在张强的耳朵旁小声地嘀咕着……

第二天，李莉正喝着咖啡，张强推过来一个名片，泓泓的，李莉在想又是什么事情呢？

"莉姐，钱全雨选择了欣欣，我很受伤，就下载了婚恋网站，想通过聊天认识一个男朋友。有一个人和聊得很好，他向我推荐了一个投资项目，是他们单位对员工搞的福利待遇，投 2 万元回报 5 万元，你说我投不投呀？"

"泓泓，我认为时间短，你们又不熟，千万不要投，你可以约他见面，如果你怕不安全，我可以陪你去。"

"太感谢莉姐了，那什么时间方便呢？"

"我的时间方便，你定吧。"李莉很爽快地答应了。

李莉发现自从公司有了执行总监之后，自己的时间自由了，反倒是觉得更无聊了。

李莉想象着若干年后开一个红娘俱乐部餐厅，突然间来了灵感，设计一下餐厅，四周可以用深色玻璃隔断隔成小屋，门也是同一色调的玻璃，门向内推，有几个向下的台阶，四周都是沙发，中间是餐桌，一侧玻璃墙上是投影仪，可以看电影。每个房间的布局不同，以温馨、舒适、浪漫、放松为主。最里面装修一个大大的超豪华的房子，没有台阶，是高高的榻榻米。门口向下的台阶向上延伸到玻璃房子上面，还有台阶，空中楼阁景观，有部分玻璃隔断房间，设计重点是肃静、私密。楼上和楼下也有敞开的桌椅，底下有一个小箱子，可以把随身携带的物品放在里面。楼下的餐厅中大桌和小桌交错摆着，餐厅的主色调以暗为主，餐桌上面是柔和的灯光，餐厅中穿插着绿植。厨房下挖一部分，楼上做成空中楼阁，门口右侧是吧台。

李莉喝着咖啡觉得梦想离自己越来越近了，因为自己已经做好了准备。

张强来了微信，"单位又接大单子啦，最近又不能按时下班了。"

李莉觉得自己和张强的工作强度形成了反差，她很是心疼张强，又觉得帮不上忙。

李莉发微信问宋菲："走，做脸去呀？"

"忙！"

李莉一个人走在马路上，她看到马路上的人年龄都很大，不紧不慢地走着，自己突然加入这个队伍还觉得特别不适应，曾经的忙和现在的闲，让自己反倒不适应了，难道这不是人们向往的生活吗？

李莉看着公园里的老年人并没有自己以为的那么快乐，坐在长椅上闲聊着。

李莉想着自己的晚年生活和他们一样无所事事、兴味索然、穷极无聊……自己真的能适应吗？

李莉才知道人停下来会那么没有价值。想想身边同龄的人都在忙碌着，自己没有兴趣爱好，闲下来的时间都不知道能做什么，是不是也是一种悲哀呢？

李莉意识到自己看得太少，了解得太少，如果台湾之行能学习到很多东西那何尝不是一种幸福。

李莉觉得自己此时就是一个小女生，一个盼望着美好生活的小女生。

83

∨

∨

忙，焦躁；不忙，超级敏感

李莉此时想找一个说话的人，哪怕说说废话，也能让自己的心里痛快一点。

李莉坐的石凳旁，有两个人在聊着：

甲：非典那年，自己正在宾馆上班，上班时人人都戴着口罩，大家人心惶惶地，每天听到的数字都很吓人！好在国家英明决策，很快就扑灭了疫情。

乙：1910 年哈尔滨满洲里也发生了一场疫情，当时的伍连德用 69 天打赢了这场疫情之战。封住疫区、快速隔离、佩戴口罩、注意卫生！治理的行动之快，惊呆了整个世界，因为欧洲历经四个世纪的鼠疫灾难，在伍连德有序的指挥下，仅用了 69 天。

李莉听着他们聊天，深深地问自己，是上班快乐还是不上班闲逛快乐？

李莉慢慢找到了答案，原来充实的工作虽然累，但是很开心，觉得自己很有价值，自己现在闲下来，竟然躲到这里偷偷听他们闲聊，竟敏感起来。

以前在工作中，虽然有时自己的态度不好，对方接受不了，但是自己并没有恶意，都是为了集体的利益。

李莉检讨了自己，发现自己的情商居然很低，只会表达结果，不会考虑他人的感受，不像这两个人聊起天很互动，自己为什么不快乐，是因为自己现在注意感受，敏感起来了吗？

电话铃声一响，她突然觉得很紧张，和自己内心的冲突完全吻合，让自己似乎有点透不过气来，"总监让我们这样做，我们按照总监的要求做了，产品居然不合格，她赖我们，我们干不下去了，李总我们要辞职！"

"我马上回去！"

李莉很快把问题解决了，大家都很满意，李莉也露出了笑容，她才发现自己不忙的时候，脸上是没有笑容的。

"李总，我们都觉得那个新来的总监不行，大家都不服她。"李小颖发来微信。

李莉决定找总监谈一谈。低着头、红着脸的总监想了好半天，说："我能力有限，我不干了。"转身就走了。

李莉突然意识到，自己一句话都没有说她就走了，连工资都没有要。

李莉向车间走去，看着地上一堆堆的不合格产品，她很是心痛，浪费的不只是钱，还有所有员工对她的信任。

李莉做好了心理准备，自己的工作不是所有人都能代替的，她将带领员工进行更严格的标准操作。

钱总来了电话，"李总，怎么回事呀，上次产品所有的客户反应没有以前的质量好了。"

"钱总，我发现了问题，下回的，你再看看质量！"

"好的！"

李莉穿梭在办公室和车间的次数多了起来，员工们的工作积极性也越来越高涨，产品的质量也越做越好！

这时李莉才真正找回了自己。

84

∨

∨

传授经验

李莉在办公室写着详细的工作计划和工作安排。

这时欣欣建了一个只有李莉、泓泓、她自己的三人群，请李莉给她们传授恋爱经验。

李莉思索了一会儿写了起来：

男女交往时的过程，很像体育运动，如乒乓球选手对决，有打有接，力道、尺度适宜，双方游戏起来轻松愉快。男孩子的主动示好居多一些，男孩子主动会让交往很顺畅，这时的男孩子是花了心思在里面的，交往中的话语、礼物、见面的场所都是用心设计好的，很让女孩子着迷，这时女生很容易自带美颜滤镜，有时还额外增加了 P 图功能。

这时女孩子应该冷静思考一下，男孩子与你交往时，有没有让你不舒服的地方，你可以坦诚地告诉他，这也是考验一个人的最好时机，适当地给美好的恋情降降温，看看他对你的态度是否会转变。有修养、有涵养、有持久力的男孩子会保持冷静的态度，分析自己，并改正自己，尊重你，注意你的感受，不会让你一味地陷入讨好中……

　　乒乓球有正打、反发、扣打……（我也不会打，感觉好像是这样子）他都能耐心地陪伴你，不生气，遇到问题会和你沟通。女孩子一般都有短暂的情绪，来得快去得也快，就像女人的月经期，每个月都有几天不舒服的时候，两人在交往中，也会出现头疼脑热似的纠结期，男孩子退让一步，女孩子把心中的怒火全部告诉男孩子之后，有智慧的男孩子是用心去听，去理性分析自己的过错，依然会不离不弃，默默地陪在你身边，这时女孩子感受到的是温暖，感情就会升温；不理性的男孩子会远离你，逃避你，让你看不见，这是傻人做的选择，问题真的用不面对、不说话，就能解决吗？不能，越来越多的隔阂在冷暴力中把两个人的感情消磨殆尽了，没有了当初的热情和激情。这里面看到的是男孩子的处事能力，有正面处理问题的能力，是有担当、有责任感的表现。反之，逃避问题的男人，一辈子都愿意当一个逃兵，假如你选择了他，你内心要强大到足以轻视他，不见他，一个人仍可以过得很好。

　　内心强大的人，不仅能接受好的，也能接纳坏的，内心自私懦弱的人，只能接受别人对他无条件的好，不懂得付出，只会一味地索取。

生活不是游戏，但很像游戏，有的恋情走着走着就发现不想继续了，这时一定要停下来，看一看、想一想……如果以后也是这种情况，自己是否能接受。

好的恋情经过一次作、吵，能让彼此之间的距离更近，能清楚感受到对方的心跳、呼吸、在意、努力……

愿美女们都能收获满满的爱！

欣欣和泓泓感谢李莉的教导。

李莉从自己的生活工作实际考虑，她觉得她们的所思所想都让有强迫症的自己给解答了。

李莉想着自己的生活工作已经步入正轨，而她们以后还会遇到一些问题，又继续写着：

冷暴力也叫冷战！

冷战是最差劲的一种解决问题的方法。因为双方之间的冷战不但不会解决问题，反而会使问题更糟糕，使双方长期处在焦虑、压抑、厌烦中。

通常情况下，处在冷战中的双方都会很痛苦，并且会越来越痛苦，他们很自然地会把这种痛苦归咎于对方，于是越来越讨厌对方，最终使双方感情散尽，缘分终止。须知，有时候不是双方没感情了，只是选择了用冷战这个最差劲的处理问题方法。

双方都应积极打破冷战的僵局，如果有一方低头，而另一方还是迟迟不肯打破这种僵局，那这个不想打破僵局的人，要么是欠缺经营婚姻的艺术，要么就是不想继续了。不论哪一方，最终都会导致双方感情破裂。

所以，如果还有爱，请学会冷静，然后及时解决问题，不要冷战。爱情是一门艺术，又是一场实战演习，在适当的年龄里错过了，也许未来会很后悔，甚至会后悔一辈子。

所有的困境背后都有礼物，一个人能不能拿回这背后的礼物，收回自己的力量，取决于一个人的心灵品质，如勇气、智慧、信心、成长的动力等。面对困难迎难而上是一种勇气，是一种魄力，但同时也需要智慧去面对。要学会换一个角度看问题，逆境可以让我们成长得更快，也可以让我们看到自己的弱点和需要学习提高的地方，当我们沉浸在阴影中时，我们就看不到光明；当我们可以朝向光明，阴影就不具备任何力量。没有失望就没有希望，不经历波谷，就感受不到身处波峰时的快乐和兴奋。任何时候都要保持一个高贵的灵魂，让自己可以进退自如，让自己可以运筹帷幄。只有不断学习和觉察，才能掌控自己的人生。

85

∨

∨

深层次的思考

李莉写着写着，思绪如泉涌，停不下来，也许她们还会遇到很多很多的问题，或许是她们那个年龄阶段没有注意到的、没有时间去思考的，未来对于不谙世事的单纯女孩，有时会让自己措手不及，想象不到真实的婚姻里会遇到什么，如果未来所有的现象现在看到了、想到了，才会勇敢去面对。

李莉还在写着，她想把自己毕生的总结都告诉给她们。

我看新闻说吉林省的离婚率很高，2.5对夫妻中，就有1对离婚的。为什么离婚率居高不下，而且呈逐年递增的趋势，也许很多的人会说，谁也控制不了这种事情。

我认为，大部分离婚者是因为双方没有共同话题，无法交流，工作的压力和生活的琐碎让人们烦躁不安，精神空虚，也不愿意交流，导致破罐破摔。很像电影《再见前任3》里面的桥段，我认为你会怎么样，我认为你应该这么做。每个人都活在自己的世界里，不愿付出，不愿迈出第一步。后悔中有遗憾，也有放不下的心结。为什么会有这样的结局？如果改了结局会是什么样子呢？男人和女人的思维不一样，我平时为了不闭锁自己的分析能力，经常看男作家的作品，也看女作家的文章。思维方式拉开了距离，男作家直言不讳地坦白男人在有病时的脆弱感，真的是弱爆了，他曾经想象不到女人生孩子割一刀有多疼，只是单纯地认为孩子就应该女人生，女人养。当他躺在病床上，媳妇每天悉心照顾，让他心情慢慢好转，他内心在想，女人的坚强，女人的悉心照料，让他前所未有的感动，他回忆着女人对家里的贡献，他的无所谓的态度，有时还会嫌弃女人唠叨，并没有帮助女人在家里面做什么，在外面喝酒、花钱、潇洒……想想自己后悔不已。想想自己的行为，哭了！

女作家的思维是，她认为她的爸爸是好男人的代表，如果男朋友对她不像她爸爸对她妈妈那么好，她就不会嫁给他，她需要的是自由、尊重、平等、爱情。

男女的差距就是责任感和成熟度的差距。

一般女人成熟得要比男人早，还持久，她们每天以家为主。

继续分析，我认为一部分人的离婚是因为出轨。

我看了古代在男女出轨上法律是如何处置的：男人勾引别人的老婆就叫猥琐男，抓到了是要立即处以死刑的；男女通奸是双方都要被抓进大牢的。那时的社会没有什么小三的说法。

现代生活中，女人为了家庭，为了孩子很多选择做了全职太太，为家庭牺牲，为国家培养了一批批优秀的人才。

我希望你们都有自己的思想，面对生活和工作中任何未知都能做出正确的决定。

学习是女人一辈子都不能放弃的。

86

∨

∨

紧迫感

李莉拿出日记本写下：

（1）当你明白：规矩第一，人情第二时，你已经敲开了人与人之间最难的一扇门。

（2）当你知道：团队第一，个人第二时，你已从小我走向了大我。

（3）当你清楚：诚信第一，聪明第二时，你会明白小聪明只是一时，而信任才是一世。

（4）当你懂得：实力第一，人脉第二时，你才会明白只有自己做到了，才会有人真的尊重你！

（5）当你学会：忠诚比能力更重要时，你才是一个既懂得感恩又能担当大事的人。

李莉想起旺仔曾经希望自己当一个作家，能给他写好多的故事，李莉此时此刻工作不下去了，她准备在网上发表一些心得体会，她懂得用心工作的人，如果不写出东西，心里会不舒服的，只有把现有的认知倒出来，才能接受新的认知。

她继续写着：

杂文随笔

有的人没有文化，能讲明白；有的人有文化，说不明白；有的人半推半就，能写明白。不管如何，先明白总比后明白好。

先知先觉的人，总是替社会操心，看到了问题是干着急；后知后觉的人，总是跟风玩感觉，遇到问题推脱责任。

我最近能写东西，一是源于孩子想让我当作家。如果我不写，我距离作家的距离会越来越远；如果我写了，也许心的距离近了，感觉找对了，也会写出东西来。二是现在社会浮躁，并不是我能决定得了的，我只能尽自己微薄的力量，宣传正能量，让部分人能意识到：精神不能空虚，责任不能推脱，万事要靠自己，不能等、腾、靠。三是革命先辈们为了解放旧中国不怕牺牲，不怕困难，是希望家家都过上好日子，懂知足、懂幸福、懂感恩、懂珍惜……四是我能做的只有做好自己，我希望多年之后会有人能明白我。

挣了钱买名包，包不能当饭吃，仅能满足自己的虚荣；挣了钱买烟抽，点燃后飘出来一阵烟香，仅能满足自己的存在感；挣了钱买酒喝麻痹自己，神志恍惚，仅能让自己不空虚；挣了钱去买心情，请客聊天，人一走就开始寂寞……

蚂蚁在地上爬，再小的石头都是障碍；老鹰在空中飞，再高的山峰也敢挑战……有高度的人不是没有困难，由于行走的高度不一样，做人的格局也会不同……我们每天要修炼的是如何提升自己的高度，而不是每天讲述自己的障碍和困难……心大了，事就小了！人生就是一场自我修行，只有起点，没有终点！不断超越自我，绽放美丽人生！

87

∨

∨

准备出行

　　几天之后张强的订单如期完成了，躺在被窝里，张强说："我加上年假一共放半个月，咱们全家去台湾呀？你的时间可以吗？"

　　面对突如其来的诱惑，李莉说："明天给你答复，我准备把工作的进程和职责全部落实到具体的人，我想我又自由了。"

　　"那你明天别忘了通知你爸爸，还有张阿姨。"

　　"爸前几天和我说他办的提前退休好像下来了，正好我们全家都去放松放松。对了，你还要和你爸爸妈妈说一下，用不用提前和三姨打好招呼，都带什么东西过去，以免落下礼不好。"

张强用手指刮了刮李莉的鼻子尖，温柔地说道："还是我老婆想得周到。"

李领导听到李莉说出去旅游的消息，他追问："那里热不热？我和你张阿姨带什么季节的衣服呢？"

有点不耐烦的李莉夸张地说："好像是和南极相反的两个季节吧？你看看天气预报就知道了，也就是这几天的安排，有空你把你和张阿姨的身份证号码发给我，准备买机票。"

李莉正在筹划着是不是应该和钱总商量商量这一阵子自己的出行计划，说出来钱总又不能帮自己做啥，反倒是让他跟着紧张产品的质量，唯一的办法就是质量和效益落实到个人头上，由车间主任主管生产进程。

李莉主持召开了各部门会议，下达了相关任务。

李莉想到这次出门应该和宋菲说一声，以免宋菲突然问起，好像自己忽略了她的感受，还应该提前和幼儿园老师请假，还有向美术课外班的老师请假，李莉拿着笔想到一件，记下来一件，唯恐忘记或者遗漏什么。

"李莉，你们这周去台湾，我和韩总这周去马尔代夫度蜜月。"

"你们结婚了？"李莉突然间增大了分贝。

"是呀，领证了，就是一张纸嘛！何必这么大惊小怪。"宋菲平淡的语气让李莉更加好奇，"你曾经说的一纸婚书会不会被代替，我那时以为你不走这个形式呢？"

"是呀，有一个东西可以和婚姻划为等值了！有安全感，我才敢走进婚姻里的。"

李莉追问着："什么东西可以和婚姻划为等值呢？"

"我们商量了，我生一个孩子，他奖励我 100 万元，如果有人出轨，那就净身出户，毫无商量，原则性的问题绝不能出现。"

祝福了宋菲，李莉拿起了日记本，写下：不谈钱，不谈物质，只谈感情的爱情，就是耍流氓。

李莉也在内心想着，这样写会不会很过分呢？不会的，如果一个人连钱都赚不来，怎么去满足物质上的需求，没有物质上的满足，拿什么去爱一个人，用什么去给对方承诺，我爱你只是嘴上说说嘛！

下班买菜回到家，婆婆正在炒咸菜，瓶瓶罐罐的，李莉很快加入进来。

"我们那时穷，买了肉就要分几次吃，我妈妈就把肉和咸菜放在一起炒，每次吃着大馇粥或者大饼子，就着咸菜吃就像过年一样。上次你三姨回来说，再也没有吃过那么美味的食物了。我老了，老人最喜欢怀旧，看看以前的东西，吃吃以前的美味，仿佛自己又回到了那个时代，电视里讲那个感觉就是情怀。"

李莉看着婆婆把肉末、姜末、葱末放进油锅里，再倒入咸菜，那吱吱作响的声音煎炒出来的香味立马喷香入鼻。

李莉回想自己小的时候，妈妈经常烙饼，偶尔包包饺子，包包混沌，吃着大包子，让自己满足于味蕾的享受，那时候的自己，是多么无忧无虑呀，那时的生活真是简单又快乐。李莉想自己何时能写一部关于童年记忆的书呢，让童年的碎片永远留在身边。

晚上全家都在说咸菜好吃，李莉仿佛回想起童年的味道，还有她曾经拥有的快乐。

张强在晚饭时说了后天乘飞机的注意事项。

婆婆和张老汉脸上像锦簇的鲜花，一瓣一瓣绽放着。

旺仔拉着自己的儿童车央求爸爸："我要开车去台湾。"

李莉吃过饭给李领导去了电话，嘱咐他备一些常用药。

晚上的电视好像没有争议点，大家看看就都回屋了。

张强和李莉商量着穿什么样的衣服好看、合身、舒服！

李莉睡梦中想到了说走就走的旅行，原来就是这么简单、真实。

88

∨

∨

接 机

在等候取行李时，张强的手机铃声响起，"00886 开头，应该是三姨的电话号码。"张强猜测着。

"你们出来了吗？我和莹子、东子在出口的右边等你们。"三姨说出来的每一个字，又慢又稳。

"三姨，我记住了，一会儿见！"

检查着行李，拿着机票，过安检通道。

终于相见了。

婆婆和三姨相拥在一起，莹子穿着职业裙十分光彩夺目，一双黑色尖头高跟鞋向旺仔身边走去，鞋跟发出嗒嗒的清脆声，莹子抚摸着旺仔的小手，"饿不饿？"

"表姑你的白衣服真好看，比我妈妈的要好看好多倍！"旺仔很认真地说着。

旺仔的童言无忌，把李莉和张强都弄得不好意思了。

东子走到李领导和张阿姨的面前，张阿姨夸着东子："这小伙子长得真精神，腰板溜直，就像部队里出来的仪仗兵。"

东子好像听不懂，只是礼貌地笑着。

张强介绍着："这是我的岳父、岳母。"

李领导紧张地看看张阿姨，张阿姨依然看着东子在笑。

东子很麻利地拉着李领导的行李箱在前面带路，张强怀里抱着旺仔，一手还拉着行李。李莉和莹子共同拉着一个大行李箱。

5个老人慢慢地被落在了后面，东子不时地回头望望。

在停车场里，张强看到停在场里的几乎都是豪车，内心感叹着，祖国的宝岛真的好富有。

东子把丰田考斯特商务车的后门打开，把行李放进去。

车门打开，旺仔头一次看见带桌板的车，只有两面相对的双排座椅，其他单座椅旁的角落里，有一个小小的空间，狭小的门子，旺仔好奇，想看看究竟。

莹子笑盈盈地让旺仔猜。

"不会是厕所吧？"张强抢先答了。

"哥，我是让孩子猜的！"莹子慢悠悠地拉着长音。

大家都笑了。东子对张强说："哥，前面还有一个空位，你坐前面吧！"

李领导和张阿姨坐在最后排，李莉和旺仔坐在并排，一左一右。婆婆和张老汉同座面向了莹子和三姨。

车上放着音乐："高山青，涧水蓝，阿里山的姑娘美如水，阿里山的少年壮如山……"

轻缓的音乐中，莹子从小冰箱里拿出来许多水果。

旺仔瞪大了眼睛问着："表姑，那是什么水果呀？"

婆婆纠正着旺仔的称呼，"叫姑姑！"

"姑姑，你能给我介绍一下这些水果的名字吗？平时我妈和我奶都不给我买这样的水果。"

莹子举着一个拳头大小的水果介绍着："这个是芭乐，无籽，香甜爽口。深色的皮，圆圆的是百香果。""这个我喝过，而且是泡水喝的。"旺仔抢答着。

"对！泡水喝。"莹子俏皮又可爱地回应旺仔，之后又继续介绍着：麻豆文旦、红皮香蕉、释迦果。

"最后的那个是菠萝！"旺仔吃过菠萝，他认为他不会答错。

莹子用手把眼睛捂上，装哭起来，看得全车人都哈哈大笑。婆婆和张老汉，以及李领导、张阿姨都认真起来，"这个真是菠萝呀？"

"是金钻凤梨！"长长嗲嗲的声音过后，李领导补充一句，"菠萝和这个还是有区别的，菠萝大，这个凤梨小。如果早点出来见世面，就不会弄出这样的笑话。"李领导的自嘲，在一边的张阿姨也应和着。"早些年都说台湾好，有好多的热带水果，今天真是大开眼界。"

莹子和三姨从抽屉里拿出水果刀，切着、分着。

"我要去厕所！"旺仔突然大叫了一声。

莹子走过来拉着旺仔的手，李莉说她带旺仔去，莹子说："我也是妈妈，放心，能弄明白的，我的孩子放到朋友家玩去了。"

婆婆觉得旺仔应该在上车前就去厕所，张老汉的想法是，旺仔看到车上有厕所才说要去，这才是小孩子。三姨让大家都吃水果。一边发着湿巾，一边递过水果和一次性口袋。

坐在前面副驾驶位的张强回头看着他们。豪华的车厢，司机和副驾驶位后面的隔断把前后分得很远，是为了安全驾驶。三姨伸手给张强递水果，张强说自己不爱吃水果，就不吃了。

"妹，不用管他，让他和东子聊天就好。"婆婆很了解张强，他不愿意做的事情，勉强他做了，他也会不高兴。

吃过水果的旺仔，在莹子的引导下，又是讲故事，又是唱歌，把车厢的气氛调动得格外热闹。

说累了，唱累了，三姨提议大家休息一下，"到阿里山需要 5 个小时，车速很慢，很适合睡觉，下车之后我们就可以和阿里山亲密接触了。"

莹子把空调温度调低了，大家都客气地表示感谢，"我应该做的。"莹子依然慢慢悠悠地拉着长音。

李莉透过观光的大玻璃看到外面的绿色，觉得比长春的绿色更翠绿，热带树木处处都是，她拉着旺仔的手，让他看外面的风景。旺仔困得眼睛都睁不开了，李莉紧紧地抱着旺仔，尽量让旺仔躺平身体，舒服地睡觉。

　　李莉看到了满眼绿，也看到了香蕉树，还有长势喜人的茶园，一座连一座的高山，偶尔跨过去的大桥，李莉都在做着判断，台湾和长春的区别大吗？

89

∨

∨

贩卖焦虑

李莉的手机微信有了提示音，证明出游前去移动营业厅办理的大礼包真的发挥作用了。

泓泓的微信内容很长，李莉认真地看着：姐姐，您还记得我上次说过的那个人吗？他让我投钱，后来他改变了想法，我们见面了。他请我去了酒吧，那天我不知道怎么了，浑身没有力气，有一种天昏地暗的错觉，四肢无力，我想回家，我想给家里打电话……后来我醒了，像做了一个噩梦一样，身子软软的，我勉强支撑着自己，努力地想着这是哪里。我害怕了，慌张地找衣服遮住身体，发现白色的床单上有血迹，我似乎明白了一切。我是怎么离开宾馆回家的我都忘记了。我最近几天上班想到的都是恐惧和焦虑。因为我看到我手机里有一张我的裸照。姐姐，我想报案，但是万一我的名声没有了，我怎么面对家人和朋友，还有未来的爱人呀！我真的好后悔，但是一切已经来不及了……

李莉看着每一个字，都像针扎入了心里，隐隐约约地在流着血，她想和张强说，但她克制住了，她懂得一个女人对待这种事情的心理压力，唯有帮她找到更合适的途径，泓泓才能解脱出来。

李莉在头脑里想着：①照片肯定不是一张，如果流散出去更可怕。②为了不让照片和下次被动受牵制影响一切，唯有报案。③报案后会不会影响她的名誉呢？警察应该会把情况控制住也会保护当事人的。④吸取教训，不是所有的人说的和做的都是一个样子。李莉在头脑里反复斟酌着，泓泓会不会接受，如果泓泓从此自暴自弃，那岂不哀哉！李莉心中生出一丝担忧，内心的强大不是一句话就能概括的。泓泓能把这么私密的事情给自己说，也代表了泓泓对自己的信任。应该告诉她，我不会告诉任何人，我会保密。还要告诉她，人都有走错的时候，现在走错并不代表以后也会走错，及时止损才是当下最正确的方向。真正爱你的人，不会在乎你的过去，他更看重你的人品和未来你们在一起的日子是否快乐！

李莉小心翼翼地敲打着每一个字，她能感觉到自己的眉头紧锁着，她也知道自己的观点会影响泓泓的未来。

过了很久，泓泓又发来几个字：姐姐说得对！

看着简单的几个字，李莉悬着的心终于踏实落地了，就像坐飞机久久盘旋在天空，一点点地下降，虽然左右失衡，但目的就是一个，安全平稳落地。

李莉看着窗外的绿色，突然间觉得自己现在看到的绿色和之前的绿色略有不同，这种绿色更纯粹，绿得让自己更舒服。嘴角不由自主地向上翘了翘，能帮助别人，自己才真的开心，也证明了自己解决问题的能力有了一点点提高。

张老汉突然间一句"你看"，把大家的目光全部吸引过去，湖光山色的美景，就像一张明信片那样美。

李莉想象着，自己如果久留此处会是什么样子呢？会不会好山好水好风光，最后一句就是好孤独！景色是很迷人，她暗示着自己这只是一种放松的途径，真正的生活重心是好好工作，好好生活。生活让自己学会了坚强，学会了拼搏，成长的过程中也让自己更加珍惜现在所拥有的一切。

服务区到了，大家下车呼吸着新鲜空气，看着眼前的美景，旺仔说饿了，指指那边的超市。

李领导说："出来就是品尝美食的，外孙你喜欢吃啥，姥爷给你买。"

张老汉指指洗手间问老伴，"你去不？"

"我兜里有纸给你一些。"婆婆回应着。

李莉和张强同时望向了对方，会心一笑。

回到了车上，张老汉还在重复着："这里的洗手间真干净，配备的设施真齐全，还有擦鞋的机器免费提供服务。"

"我看见好多人都在从大展示柜里取饮料。"张阿姨也发表着自己的见闻。

"哈哈，这里不是长春的呦！"莹子慢慢的语调把大家都逗笑了。

"一会儿我们去吃饭，大家也许会吃不惯，南方的饮食主要是以清淡、鲜醇为主。我们这里炒牡蛎讲究汁浓稠，搭配红绿辣椒和洋葱，还有当地的青菜，让菜品保持原有食材的新鲜程度。"莹子说。

大家都开始期待着台湾的美食。

东子把车停在一栋欧式建筑前，大声地喊着："到了，下车吧！"

旺仔发出了惊人的感叹："这特别像上海迪士尼乐园的图案，我在小朋友的图画书上看到过。高高的城堡，太漂亮了！"

"这个是度假民宿，按英格兰庄园的风格建筑和装修的。"

东子介绍着。

李莉边走边说："从外到内的装修，还有花园，真的是太精致了。"

里面正好走出来几个外国人，应该是一家五口，有大人、有孩子，他们向着房子的后面走去。

旺仔也好奇地跑了过去，莹子说："那边是游泳池！"

李莉听完跑过去追，旺仔在前面跑得快了起来。大家看着母子上演着跑男的节目哈哈大笑。

东子对一位着装西服的男子说："在宴会厅上菜吧！"

东子随即引领他们来到了一个带隔断的小餐厅，背景的音乐仍是"阿里上的姑娘美如水，阿里山的少年壮如山……"

他们刚一入座，一个穿着长裙的服务员款款走了进来，端着奶茶，笑盈盈地给每个人一杯奶茶。并介绍着："喝奶茶前可以品尝年糕和甜点。"随着她的话音，四碟形状迥异的甜品摆在了大家面前。

旺仔伸手去拿，被李莉快速拦住了，婆婆拿牙签插了一小块甜品递给了旺仔。

张强把每个甜点都插上了牙签，开始给大家分发甜品。

那个穿西服的男子来了，向东子说着："boss（老板），准备好了。可以就餐了。"

东子在前面领着大家走进宴会厅，欧式风格的设计，墙上挂着各式油画，墙边的壁橱里错落有致地展示着古董摆件。

李领导说："很有韵味！"

张阿姨小声在旁边说："这样的设计我喜欢！"

东子拉着凳子，把长条桌中间的位置让给了婆婆，左右依次坐着张阿姨、三姨。东子坐在了三姨的旁边，婆婆的身边是张强，张强的对面是李莉，旺仔坐在了右侧，莹子的旁边空出几个位置，张老汉和李领导坐在了最左侧。

莹子不紧不慢地介绍着，东山鸭头、山药炖排骨、甜不辣、布丁豆花、万峦猪脚、炒牡蛎、蚵仔煎……

突然进来一个女人带着两个小孩，身穿粉色衣服的小女孩跑向了莹子，嘴里喊着："妈妈，妈妈。"

莹子起身招呼着梅子和孩子坐在空位上，刚进来的两个小孩坐在一起，梅子和身边的两个长者点头示意着，又向对面的人做着鞠躬的礼仪。

三姨示意着大家都动筷子。

旺仔偷偷地看着莹子右侧的小朋友，他观察他们夹什么。

"这个很好吃！"旺仔小声地说。

李莉也夹了一块，有同感，问着莹子怎么做的。

"主料有面粉、奶油、猪油。"

张强指着煲仔炉的粥说："这个也很好吃！"

东子说："这是虱目鱼肚粥。"

张老汉帮李领导也盛了一碗，"真的好吃，够味。"

张阿姨说："炒米粉好吃。"

婆婆说："这个口味的猪爪好吃。长春的做法都是酱，没有这个烂糊，好嚼。"

梅子惊呼："嘉义的美食你们也吃得习惯呀！之前我们商量食谱的时候还在犹豫呢！"

吃过饭，东子先给几个老人安排了房间，又带着李莉、旺仔上了二楼。

旺仔看着两个小朋友在楼下，也没了困意，央求着李莉带他去楼下玩。

东子下楼时，看见莹子带着梅子还有两个孩子在凉亭里喝茶。他正在找张强，张强从花园的方向回来了，张强满脸的焦虑在看到东子后，很快好了。东子指指凉亭方向，"哥哥，去那里喝茶呀！"

两个小朋友被紧随其后的旺仔撵上了，他跑在前面，撒欢似地往前跑。

三个小朋友很快玩在一起。

90

∨

∨

品 茶

"阿里山的珠露茶、冻顶茶、文山包种茶、东方美人茶……你们喜欢喝哪种呢？"莹子对于茶文化很有研究，一下把两个以工作为重点的人问懵了。

"我们不了解茶，那个冻顶茶名字起得很奇特，要不我们尝尝冻顶茶吧！"张强有点不好意思了。

东子帮忙打着圆场："我们这里盛产茶叶，闲来无事就会品茶。这个冻顶茶每个叶片上都是带有青蛙皮般灰白的。"

梅子笑着说："说普通话，灰白点。"

大家都抿着嘴偷乐。

东子仍然认真介绍着："条索紧结弯曲，干茶具有强烈的芳香，冲泡后汤色略呈柳橙黄色，有明显清香，近似桂花香，汤味醇厚甘润，喉韵回甘强。"

莹子在连贯地操作着，一道茶，二道茶，三道茶……

张强的手机突然响起，他回头看看大家，做了一个手势，向不远处的花园走去。回来时，他的脸上不再有焦虑，反而是像捡了钱一样，声音也大了，"莹子，我可以喝吗？有点渴了！"

"哥哥，你喝吧！"莹子把两杯茶放到了张强面前。

"东子，我们来时发现路牌上的名字和日本的名字很像，你们的名字也和日本名字很像，不会是和日本有渊源吧？"

东子有点回答不上来，张了嘴，又闭上了。

"清朝与日本签订了《马关条约》，1895 年到 1945 年，日本占领台湾 50 年，文化形成受日本文化影响，很多地方都有日本的影子。"梅子快速介绍着。

东子介绍着明天去阿里山的行程。

李莉想起莹子去长春时，因为不熟，没有认真地聊过天。"莹子，那次去长春，你来去匆匆，事情办得怎么样？"

莹子愣了一下，眼睛看着手，始终不抬头。李莉瞬间知道自己不该问。

梅子把话接了过来："那次莹子为了不让她妈妈担心，说是工作，其实就是见网友，他们交往了一年多，莹子觉得时机成熟了，就飞过去见了见本人。那天见面，莹子没有化妆，那个男人好像很是谨慎，又问莹子为什么发给他的照片和本人差距那么大，觉得莹子条件和经济实力并不像莹子说的那样，他觉得莹子欺骗了他的感情。"

李莉和张强对视了一下，不知道该如何去挽回这种尴尬的局面。

"姐姐条件很好的，在台湾做着珠宝生意。"东子指指那个山比较高的方向，"那是文武庙，姐姐在那个山脚下卖珠宝，生意很好的。那个庙里供奉着关帝、孔子、岳飞、玉帝等一众先贤神灵，好多人都会来这里祭拜，香火颇旺。庙宇背山面湖，依山而建，气势雄伟，登上庙后山坡还可以远睹日月潭，坐着缆车可以去伊达邵码头。姐姐所有的财运都在那里，那个男人说爱她一生一世，没有想到，看到姐姐就立马现出叶公好龙的样子。"东子很无奈地摇着头。

"我也是奔着爱情去的,没有想到他那么物质,他希望看到的是我有钱可以帮他实现梦想。"莹子委屈的腔调似乎有点要哭了。

"莹子,没有爱情,我看你现在也过得很好!每天忙过以后,悠哉悠哉地喝着茶水,看着孩子,我们还能天天见面,也不寂寞。"梅子很希望就这样平淡生活。

"我想想也是。没有爱情要有过好自己生活的本领。每天让自己快乐,让身边的人都快乐起来!"莹子给每个人边倒着水边说。

"姐姐,你还记得当年妈妈有多辛苦吗?我们那时还不懂事,尤其是我,不是跟别人打架,就是把别人家的灯给打坏了,他们都讨厌我,看见我就像看见了魔鬼妖怪。妈妈每天都很累,做饭,缝衣服,看着我们学习,每天晚上还要给我洗脚。有一天我突然看到妈妈偷偷地哭,弯腰起身时一手支撑着腰部,动作缓慢,我至今也忘不了,那时别人的妈妈都穿着漂亮的裙子出门,我们的妈妈总是把捡来的衣服洗了又洗,穿在自己的身上,偶尔给我们买肉吃,她都从来不吃,还对我们说吃过了!她那是真的舍不得我们受穷呀!我那天躺在床上,久久不能睡去,我就告诉我自己,男人就要撑起这个家，虽然爸爸不在了，但是有我，这个家就要完整。不能让别人看笑话。"东子说完，松了一口气，发泄出儿时的残留的梦。

"我记得妈妈和我讲，她在孤儿院时总想自己的哥哥，要是哥哥在有多好呀！爸爸和妈妈结婚后，爸爸身体就不好，全是妈妈在支撑这个家啊！妈妈真的不容易。"莹子说完，嘤嘤的哭声慢慢大了，把大家的目光吸引了过去。

三个小孩子从远处跑向了这里，嚷着要吃冰激凌。

91

∨

∨

休 闲

　　李莉手机响了，她转过身去直接接了起来。"啊，是钱总，我在台湾呢，您这次需要定大批的产品，那太好了！不会出现问题的，我把责任都落实到个人了！没有关系的！我会去庙里替您取平安符的。您喜欢喝茶吗？我给您带一些茶叶吧！好！回去聊！"李莉放下电话，看着大家都在望着自己，不免尴尬，她接着说："孩子们的冰激凌解决了？"

　　"明天买！他们同意了，又去玩了。"张强回应着。

　　"小孩子就是这样，想到什么就要买什么，你告诉他给他买，但不是现在。他们也很高兴，原因是养成孩子拖延满足感，这样以后大了，不会因为暂时没有这东西，就会伤心，时间长了，就会想到靠自己努力同样可以获得。"梅子的观点得到大家一致的认同。

梅子是做什么工作的呢？李莉心里暗自画了一个问号。李莉发现梅子说话和表情非常协调和自然，好像是一个生活阅历很丰富的人。

　　张强轻轻地碰了碰她的胳膊，李莉这才想起来正事，通知公司生产部钱总刚刚下的订单。

　　电话挂断以后，李莉还是很难让自己不去想梅子的工作，不知道是好奇心的驱使，还是被她的人格魅力所吸引，她看着梅子发呆。

　　"嫂子，你为什么总看我呢？"梅子也发现了，不免有点小紧张。

　　"梅子，你的皮肤真的太好了！"李莉说完看看大家，大家都有点出乎意料，最后哈哈一笑。

　　"呵呵，嫂子真是夸人与众不同！"梅子捂着嘴，眉眼弯弯的。

　　"梅子，你也别藏了。我告诉嫂子吧！梅子是一个单亲妈妈，她经营一家美容院，别的美容院都是卖产品，她开的美容院靠的是手法，只接待女顾客，每周有固定的休息时间陪孩子。我们的店铺离得很近，我就经常去那里做脸。时间久了，我们彼此之间都有聊不完的话，慢慢地就成了好朋友。"

刚开始莹子是看着梅子说，后来又把目光转向了李莉，最后转移到了手上，"我们都是单亲妈妈，我觉得这样的生活也很惬意，不用做任何人的保姆，我不会给别人和自己增添烦恼。我们偶尔聚一聚，孩子们也成了好朋友，我们都对这样的生活很满足。父母和孩子都能照顾上，人生也没有太多的遗憾，要是东子现在也结婚了，我妈和我的心病就都没有了。"

大家的目光又齐刷刷地望向东子。

"姐姐，你这样说好像不结婚就是我的错喽！我也是看到了太多的现实，没有钱的想找有钱的，又觉得有钱人没有时间陪她，我整天在经营我的民宿，哪个姑娘愿意陪我一辈子在这里呢？如果碰到一个没有思想，灵魂无趣的女人，我想我这一辈子是不会快乐的！我喜欢那种大大咧咧，有话就说的女孩子，但是在台湾这样的女孩几乎没有了！如果我现在真的找了一个当地女孩，我们在一起每天的生活就是你看看我，我看看你，时间久了，多厌烦呀！哥哥，嫂子，长春有没有适合我的女孩子，我就想找一个外地的，活泼开朗的女孩子，我希望看她的笑容，我也希望她有很多的故事，她能有很多的想法，让我们一起在民宿里不停地折腾！"东子说完，李莉看着他，发现东子的眼睛很亮，嘴角微微上扬，她觉得东子这番话是认真的。

李莉想到了泓泓，就说："你哥单位里有一个女孩，年龄和你差不多，我每次看到她，她脸上的笑容就像一朵花，不知道你哥肯不肯帮你介绍呀？"

张强听到这里突然间眉头一皱，"我也不知道适不适合。那我就如实说吧，你自己做判断。那个女孩子今天早上自杀了，但是被救过来了。她自杀的原因是……"张强没有说出口。

东子心领神会地把话抢过来："这个时代还有这么传统的女孩，真是难得呀！现在有的女孩只为了眼前小小的利益，就不顾尊严，不懂得装点和设计自己的人生，每天过得醉生梦死，毫无人生价值，我觉得这样的人活成了一个躯壳。"

"东子，你的意思是想认识这个女孩，是吗？"张强没有想到会反转。

"可以呀！如果她愿意在这里陪我，我高兴还来不及呢！以后可以让她的父母都过来，到这里养老，我们可以生五个孩子！"东子补充道。

大家哈哈的大笑声传得很远，把三个孩子的目光都吸引过来了！

"要说有缘，我和长春也很有缘。"大家被这话都怔住了，睁大双目很专注地看着梅子，梅子停顿了一下，接着说："我有一个师姐就在长春，她非常有灵性，是师傅口中的得意弟子，也是我学习的榜样。"

李莉追问道："那你们联系过吗？知道她的地址吗？以后

我也可以去找她。"

"我记得可以查百度，输入长春王炎徒手就可以。还有美团网也可以查到。"

李莉问梅子，"她可以改善大小脸、高低肩吗？"

梅子哈哈笑着说："没有问题，你说的都是小儿科，她还可以让你逆生长，可以重新找回精气神。"

李莉看着张强说："老公你也帮我记着，回去我去找她！"

张强心里想说，你听风就是雨，但是没有说出口，他看到梅子说的时候很认真，让老婆去体验和尝试未必是坏事，内心里也很心疼自己的老婆，如果不来台湾旅游，她还会像陀螺一样不停地旋转。他也发现老婆最近很坚强，成长的速度很快，有点让自己追赶不上的节奏。

东子把张强的思绪很快拉了回来，"哥哥，嫂子，明天阿里山很冷，需要多带衣服！"

"好的！这个茶我真的很喜欢！"李莉突然冒出来一句话，把大家再一次逗乐了！

92

∨

∨

通　透

东子突然间脸红了，转向张强，"哥哥，你把那个女孩的微信推给我吧。"

李莉快人快语道："还是让我先和泓泓沟通一下，以免误会，东子你找老婆也不差这一天吧。"

哈哈哈！这次的人笑声好有穿透力，穿透了这几个人内心沉闷的束缚。

三姨独自一个人从民宿走了过来，李莉觉得此时是一个难得的机会，她跑过去，把三姨拦在了路上。

她们交流了好久，李莉担心的是东子就嘴上说说，最近想谈恋爱，李莉懂得泓泓不能再在情感上受到伤害，她想通过三姨了解东子的人品和处事行为。三姨刚开始并不知道是给儿子介绍对象，但她内心里还是想让东子早点成家，她也会诚心诚意地把姑娘当成自己的女儿对待。她没有太多的要求，只希望对方踏实、善良、温和、孝顺，有一个明白事理的好脾气。

李莉终于放心了，她们一起来到凉亭继续喝茶。

李莉从张强说到泓泓自杀开始，她心里就有隐隐的疼痛感，她很庆幸自己真的成长了，并没有表露出自己知道真相不停地追问，而是换成另外一种巧妙的办法，判断泓泓如果来到这里，将会怎么样。

李莉给泓泓发了一条微信：你怎么样？

泓泓很快发过来一个很长的她妈妈发给她的微信：我的姑娘，你真的好傻，有什么话不能告诉妈妈呢？你知道妈妈在抢救室门外焦急的心情吗？妈妈真的坐不住了，妈妈内心深处祈祷你平平安安。妈妈也做着自我检讨，妈妈性格内向，不愿意把委屈和难过跟你分享，间接影响了你的性格，也不愿意把痛苦说出来。我们都想给对方最好的一面，就是因为都有这样的想法，我们在出现问题的时候，就会弱小有无力感。这种性格真的不对，希望你给妈妈一个机会，让妈妈改。妈妈从来没有说过自己的委屈，妈妈也有委屈……我还记得我刚上班，单位里的老员工都欺负我这个新员工，回家后我也不敢说，后来我的胆子就越来越小。厂长就说我适合做他的儿媳妇，我回家问了我爸爸，我爸爸没有考虑我的感受，也没有征求我的意见，直接拍板同意了。爸爸从此以后就对外人炫耀我有一个厂长儿子的对象，那时我和厂长的儿子还没有见面呢，我也不知道他长得怎样，性格如何！只能听从爸爸的话，当见到那个男人我就傻眼了，完全和心里想的不是一个类型，我不想妥协，我求爸爸不要答应，爸爸说我不会遇到更好的男人了，就像卖商品一样同意了我们的婚事。在没有爱的婚姻里，我就像个保姆一样，每天除了工作就是做家务。后来又生了你，你的出现并没有改善家庭快乐的氛围！反倒是你一哭，你的爸爸就往外走。我哭过好多次，哭到筋疲力尽也于事无补，但是为了让你有一个完整的家我一直忍着，从得知你爸爸出轨，到你爸被骗，再到后来你爸生病，我都认为我很坚强，我觉得我为这个家的付出会感动每一个人，呵呵，我只感动了我自己。在你的眼里，好像这个家都很好，只是我表演得好，我是一个好演员，这么多年我在心里给自己做着判断，告诉自己我是最好的演员，也是最好的妈妈。今天在抢救室外，我才知道我不是一个好演员，我也不是一个好妈妈。我不能再继续演下去了，我也不想只当你的妈妈，我还想做你无话不说的好朋友，我们可以畅所欲言，无话不说，做一对知无不言，言无不尽的知己。你快点好起来，你是妈妈活着的希望，妈妈不会让你以后受到任何伤害。妈妈真的爱你，但是妈妈不会表达，希望你能够原谅妈妈！妈妈不知道如何把自己的心掏出来给你看，让你知道无论怎样，你都是妈妈的孩子，妈妈的宝宝！妈妈爱你！宝贝要坚强！

李莉看着看着眼泪就流了下来，她不想影响大家的心情，她快速地回微信说：张强台湾的表弟有一个民宿项目，他想你过来和他成为伴侣，就在这里生活，也可以让父母陪你过来，这里的环境、条件、氛围都很好！我建议你和他先在微信上了解一下，我确认过，他和他妈都是认真的。我也不希望你再次受到伤害！姐姐不知如何安慰你。东子，张强的表弟，微信马上推给你。

"有你这个姐姐真暖心！"泓泓回复说。

李莉走到东子面前，让东子扫微信二维码，并告诉他加一下泓泓的微信。

东子愣愣地问："嫂子，我真是认真的！你不相信我吗？"

莹子和梅子也在说东子靠谱，人品很不错，三姨眼中有点激动的泪花。也许在她心中，她的如意儿媳真的快来了。这种感觉是自己做梦经常出现的画面呀！

吃饭时，东子的脸上只有笑容……

93

∨

∨

突然间

早上吃过饭，东子开车把张强他们送到姊妹潭后一人回去了。

张强手拿地图引领大家顺着步道、栈桥向高处走去，最顶处可以俯瞰阿里山山景，李领导用"群峰环绕，山峦叠翠，巨木参天，树木葱翠，气候宜人"来形容自己内心深处的感慨，引来大家一阵欢笑和赞美。

张阿姨指指远处驶来的小火车。旺仔在张强的怀中不屑一顾反驳道："那是假火车，真火车大，那是玩具火车。"

张强和李莉急忙纠正："一会儿就能坐上了！"

张老汉念着牌子上的字：阿里山五木是红桧、台湾高柏、台湾杉、铁杉和华山松。

婆婆听三姨说这里是天然的大氧吧。

李莉看到了一片片的樱花，她惊呼着太美啦！简直就是一幅天宫神作。

旺仔让李莉看那边，天和山还有云彩混在一起，就像是海洋！

张强回忆他曾经见过的日出，阳光慢慢地穿透云层，灿烂的阳光给云层镶上了金色的边，光芒越来越亮，越来越耀眼。他有点惋惜今天没能起早赶过来。

沿着步道往森林深处前进，很快就到达姊妹潭。

姊妹潭是两个大小不同的湖泊，姊潭呈长方形，妹潭略显圆形，湖区设有一座以桧木为基座的相思亭，周边设有环潭步道，张强指着那里说："这才是观赏姊妹潭的最佳地点，适合照相。"

在树灵塔里，李莉为钱总求了一个平安符。

从博物馆出来后，他们喝着水，张阿姨开始呕吐，说话口齿不清，眼睛努力地看着，晃着头，用手抓着头发。李领导马上把张阿姨抱在腿上，按着人中，呼喊着张阿姨的名字，"张秀丽，你醒一醒！"

李莉拿着水瓶蹲在地上想给张阿姨喝水，婆婆判断道："这应该是脑出血，马上叫救护车。"

过路的行人围了上来，有的人喊着119，一个大叔沉稳地拨打119，说着详细的地址。

10多分钟后张强、李领导陪着张阿姨坐上了救护车。李莉只记得"林口长庚医院"。

李莉给东子发了微信，讲述了发生的一切。东子很快接他们回了民宿处。

李领导拿出张阿姨的包，找到她儿子的电话号码，拨通说："你妈病了，你快来台湾吧！林口长庚医院！"

两天后，张阿姨的儿子来了，没能看到妈妈最后一眼，他并没有像大家以为的那样怪罪李领导。

李领导和张阿姨的儿子商量着回长春办一场追悼会！

张阿姨的儿子沉默了好久，转身看着李领导，含着泪，一字一顿哽咽地问："你真的爱过我妈吗？"

"我真的喜欢你妈，不对，我对你妈很了解，我很爱你妈！"李领导快速地理顺自己的思路。

"我妈曾对我说，我爸去世了，再也不会遇到我爸对她那么好的男人了，她不想再找了，就想一个人平静地过完这一生。我不知道你有什么魅力，吸引了我妈，让我妈付出了生命的代价！"张阿姨的儿子说的每一个字都很有力量，他始终在李领导的眼中寻找答案。

"我们是因为彼此了解，在一起有说不完的话，彼此又都是孤独的人，两个寂寞的灵魂又都被爱吸引着。你妈去世只是一个意外！"李领导回应着张阿姨儿子的问话。

"意外就是死亡呗！人已经走了！我不应该这样为难你！骨灰我带走了！你以后如果想我妈，可以去青岛看看，我的电话号码你有！"张阿姨的儿子说完就离开了。

李领导看着远去的背影，他终于做回了自己，痛哭中他想到那个愿意陪伴他余生的人离他远去了，没有说一句道别的话，他的眼前浮现着张阿姨在他住院期间无微不至的照顾，每次轻柔地帮他擦嘴、擦手、擦身子……她笑着说以后……此时成了一个没有结局的结局。

张强和李莉商量着回长春，出了这件事，疲惫的身体和心灵需要回家静静地抚平。

回到长春，李领导自己打车回家了。张强感觉自己也没有了力量，很用劲地摆手，大声地说："好好休息，不要多想！"

一天都没有吃饭的李莉，晚上也吃不进去婆婆熬的粥，她觉得头脑很乱，她想不明白好好的一个人为什么会突然间倒下就再也起不来了？人生的意义到底是什么？

李莉昏昏沉沉地睡着了，在梦中她看到了张阿姨，她哭了，求张阿姨别走，不要离开她爸爸，不要让自己的儿子没有妈妈……

醒来时，李莉的枕巾潮乎乎的。

李小颖的结婚请帖把李莉拉回了现实生活中，她告诉自己：我还有公司！还有钱总刚刚下的订单！还有好多人需要我付出！

李莉化了妆，不忍心打扰家人，悄悄地去了公司。

张强起来没看见李莉，伸伸胳膊，吃完早餐也去了单位。

94

V

V

大结局

公司的一切都在有条不紊地进行着，车间主任过来和李莉打着招呼，车间声音大，李莉通过表情和口型可以判断出来，没有任何差错。她坐在办公室喝起了咖啡，每一口入嘴的咖啡，虽然不如奶茶，但这是自己习惯的味道呀！

李莉拿出好久都没有记录的日记本写上：一个人活着，要心中有度量，还要有好心态！加油！

李小颖看到李莉在办公室，敲敲门，进来了！她想说什么，还没有来得及张嘴，就被李莉一句话给堵住了，"恭喜你们，终于有了幸福的归宿！你去工作吧，我想一个人静静地喝个咖啡。"

李小颖的脸上从高兴到疑惑，又从疑惑到微笑！她了解李莉，她就是想把公司的高度再往上拔一拔，让所有员工拿到更多的薪水。

李莉想起了去马尔代夫度蜜月的宋菲和韩政罡，电话中爽朗的笑声感染了自己，也不由自主地笑了。

李莉想到了欣欣，问道："最近怎么样？"

"我挺好的，那个误会我们消除了，他怕我轻浮，特意用一些话试探我，现在他很尊重我！我们彼此见过父母了，都挺好的！现在我发现泓泓整个人也变了，她想去台湾，我还劝她呢，真是女大不中留呀！以后我会少一个闺蜜的！"欣欣话里的表情也是过了几道弯。让李莉内心更加有了力量。她发现她传播出去的是正能量，收回来的都是力量。她更加笃定帮助别人就是帮助自己。

晚饭时，婆婆说起东子，张强以为是台湾的东子，婆婆解释道："是你的发小东子，他现在踏踏实实地工作，也开始攒钱了，让孩子去了幼儿园，母子关系也好了，现在也有了女朋友。"

张强自言自语道："只要肯努力，一切都会越来越好的！"

李莉问张强："你相信磁场吗？"

张强回答："应该是有磁场的。好的和好的在一起就会吸引，如果好的和坏的在一起，就会互相排斥。当然坏的和坏的在一起还是臭味相投！环境也影响磁场。"

李莉又问道："那能量能改变什么呢？"

张强说："能量高的可以影响能量低的，能量低的绝对不能影响能量高的。所以说能量高的人可以改变周围的人。老婆，你现在的能量就很高，总是激励我越来越好，也影响到了我的磁场！"

"哈哈哈！谢谢老公夸奖，我会继续努力的！"李莉觉得好像最近的阴霾慢慢地散去了。

睡觉前李莉想到了李领导，微信中问着："爸爸，最近怎么样？"

"我在写书呢，我让你惊呆没有？就是最近上火，一上厕所就便血，我也检查了，有比较严重的痔疮，内外混合痔，需要手术，我想等书写完了再去医院做手术。"

"爸，我的意见是手术要紧，不能继续便血了，书可以病好了再写。书的名字是什么呀？我比较好奇……"

"带刺的人生！"

"爸，你为什么起这个名字呀？"

"人不是单纯地活着，人活着的意义是你改变了多少人，看清了多少事，做了多少贡献，活着时为后人在精神上和能量上有什么影响。一定要善于发现问题，及时解决问题。人活一生不容易，就像带刺的玫瑰，一面美丽一面刺手，但是活好了才是本领。"

"爸，我懂了！早点休息，我和张强商量一下送你去医院！"

"再给我三个月时间好吗？我再听你的话去医院做手术！医生说不会有生命危险的！"

"那好吧，晚安！"

新房子装修好了，家具、家电也布置齐全了，李莉下班后做完饭，收拾着碗筷，突然间想吐，恶心得不行。她走出房门，看到隔壁的宋菲也站在了门口。

"有缘再次相会呀！"宋菲幽默地说着。

"我有点恶心，我才出来的。"李莉用矫情的表情说着。

"不瞒你说，我也恶心，我猜可能怀孕了，刚买回两个试纸，要不给你一个也试一试？"宋菲俏皮的语气好像在气人。

"试就试，谁怕谁，一会儿这里见！"李莉拿过试纸就回屋了。

10分钟后！

"是。"李莉说。

随后，宋菲也说："是。"

两个人傻笑起来，这么有缘呢！李莉幽默地说："我们将来会不会是亲家呢？"

哈哈哈！

李领导住院了，躺在病床上的他怎么也想不到自己会这么无助，曾经辉煌的过往和自己一点关系都没有了，怎么会这样呢？在头脑里不停地画着问号。

张老汉打听着来到李领导的病房，把礼品和 1000 元钱放在李领导的手里。

李领导想病好了请张老汉吃饭，张老汉说："你病好了咱们回家吃！"

李领导看着亲家母做的满桌酒菜，他眼里含着泪水，女儿、姑爷、外孙都在，他觉得这才是幸福，他头脑中闪现了张阿姨给他擦嘴的画面，他感觉自己此时真的好幸福！